キャラクター

第一章

ひたひたひた。

むかしからわかっていた。自分の歩調に合わせて、うしろからずっとだれかがついてきていることは……。

思い切ってふり向くと、遠くにいるそれが見えた。それは人間の影のようだった。

真っ黒く薄っぺらく、厚みがない。

向き直って、また歩いた。

ひたひたひたひた……。

もう一回、ふり返った。

歩いているとそいつは、ものすごくゆっくりとだが距離を詰めてくる。

〝缶蹴り〟だっけ？　ちがう、〝だるまさんがころんだ〟だ。そいつはこちらがふり向くと、動きを止める。

今度は、静止しているそいつをじっと見つめた。

影は影だが、立体的な人の影だった。

顔の造作も少しだけわかる。

目を凝らした。

見たこともない男だった。

影男（かげおとこ）と名づけた。

プロローグ

「クククク……」

肝心なのは頬の筋肉だ。

窓ガラスに映った顔を見ながら、自分に言い聞かせる。つまりは頬骨筋と頬筋、下唇下制筋、最後は笑筋に意識を集中させるのだ。

頬骨筋と下唇下制筋を収縮させて、唇の両端を上げ、前歯が見えるように口を半月形にする。ガラスに映った自分自身に目を凝らしてみる。ピンクに染めたお気に入りのヘアスタイル。年齢よりずっと若く見える童顔。そこに浮かんだ笑顔……だが、どうもしっくりこない。

その瞬間、母親のことが脳裏をよぎった。母は彼の笑顔がしらじらしく、本当に不気味だと嘲笑った。みんなの前に立つ父親の笑顔を、そっくり真似ただけなのに……。

おさえきれない怒りがよみがえった。包丁を持つ腕が震える。落ち着かなければ。今日はやりたいことをやったのだ。怒る理由などないじゃないか。

ゆっくり、ふり向く。

広く清潔なリビングダイニング。灯りは、オープンキッチンの換気扇についたライトだけ。窓の外の街灯の光がほどよく差し込み、室内をロマンチックに見せている。記念日にはぴったりの雰囲気じゃないか。左の壁には北欧製のシンプルなヴィンテージ家具。バング&オルフセンからは、大好きなオペラが流れている。

この家の家具や食器は、家人がいないとき忍び込んで何度も下見したので、勉強ずみだった。

フリッツハンセンのダイニングテーブル。テーブルの上には、調理したばかりのスパゲッティを盛ったアラビアの皿。リンドベリのカップにはコーンスープ、イッタラの大皿に盛ったローストチキン。セブンチェアには、笑顔を浮かべた家族が四人着席していた。みんな、ほんとに幸せそうだ。この日を喜んでくれているのだ。

記念撮影は自分のアイデアなのに、自然な笑顔がつくれない。もう一回、チャレンジしよう。窓ガラスに向き直った。笑筋を動かすんだ！

「ククククク……」だが、くぐもった笑いしか出ない。

ガラスに映る自分自身と目が合った途端、同時になにかを捉えた。門の前に立つ男の姿だ。

上体を細かく揺らす奇妙な動き。なにかを夢中でやっている。

顔を見た。楽しそうに笑っている。

「さて、どうしようか」

うしろを向いた。

相変わらず笑顔の父、母、弟、妹――でも、さっきより不自然だ。

「みんな、身体がかしいじゃったよ」なぜか、自然に笑みがこぼれた。

通りがかった自動車のライトが室内を照らした。

食卓についた四人は真っ赤だった。ダイニングの壁も真っ赤だった。

もちろんガラスに映った彼の衣服や腕にも、真っ赤な色が付着していた。

1 「あの画風じゃ、無理っしょ」

山城圭吾の夢はシンプルだった。学生のあいだに、（どこでもいいから）マンガ誌の新人賞を取り（大賞などではなく、佳作で十分！）、デビューにこぎつけることだ。そして少数でいいから自分の作品を愛してくれる読者を持ち、マンガ家人生をまっとうする。

ヒットしなくていいし、大金持ちにならなくていい。ただただ好きなマンガを描ければそれでよかった。

だが、現実は甘くはない。大学四年のとき、ある週刊マンガ誌に持ち込んだ原稿は、編集者からコテンパンに否定され、「絵はまあまあだけど、ストーリーはもっと勉強しないと」と突っ返された。学生のあいだにデビューするという目標は、あっさり断たれた。

しかしその半年後、山城を全否定した編集者から電話が入り、本庄勇人先生のアシスタントにならないかと言われた。本庄勇人といえば、ホラーマンガ界では楳図かずおや伊藤潤二に並ぶ有名マンガ家だ。連載中の『オカルトハウザー』は、古典的なお化け屋敷ネタを新解釈で描いたもので、このジャンルとしては異例のヒットを記録している。

一も二もなく承諾した。ホラーやサスペンスで勝負したい山城としては、本庄を師とあおぐことはデビューへの早道だ。

もちろん、アシスタント生活は楽ではなかった。本庄のスタジオの勤務形態は、いまはやりのブラック企業そのもの。決まった休みもなければ、労働時間も無制限。これでは新作を描く暇もない。

もちちん本庄勇人のところだけが悪条件なのではない。理想的雇用形態のマンガプロダクションはきわめて稀で、大半は似たようなものなのだ。

アシスタントになって一年で、同僚の中にも格差があることに気づいた。一番のエリートは、新人賞を取ったマンガ家の卵――連載のため、背景画を勉強してこいと担当編集者に言いふくめられ、プロのマンガ家に預けられた人たちだ。

自然物や建物の絵は経験と場数だ。それだけは描けば描くほど、だれでも上達する。だからおもしろいストーリーさえ描ければ、あるいは編集部の企画に嵌まれば、あっという間に連載が決まる。

二番目に恵まれているのが、個性の際立つ作品を描ける人材だった。絵がヘタクソでも真似のできないなにかがあれば、いつの間にかデビューや連載を勝ち取れる。彼らは画風が独特すぎて、たいていアシスタントとしては戦力外だ。だから簡単な仕事しか与えられず、優秀なアシスタントより、自分の作品に専念する時間を得ることができる。

最悪なのは絵は抜群だけれど、ストーリーがつまらなくて、キャラクターがつくれないタイプ。その手の人間はマンガ家になること——つまり一本立ちをあきらめ、一生アシスタントとして生きることになる。

山城の場合、本庄スタジオにもう五年いる。アシスタントとしては、チーフをしのぐエースだった。本庄先生のおぼえもめでたく、むずかしい背景画は一手に任されている。

だが直面しなくてはならない現実が迫っていた。例外はあるが、通常六年以上アシスタントをつづけた者は、デビューがむずかしいといわれる。

もちろん夢をかなえるため、必死でもがいた。激務の合間をぬって新作を完成させ、何度か新人賞に応募した。結果はいつも入選以上。そのたびに担当編集者がつき、まず読み切り作品を描くよう依頼される。とはいえ、なかなか編集部のメガネにかなわず、いつのまにか担当者からの連絡が途絶え、チャンスはしぼんでしまう。その繰り返しだった。

本庄先生は言う。「山ちゃんさあ、またチャンスは来るって。それにおれのアシスタントつづけてくれればさあ、一生面倒は見るから。あ、チーフとおまえ以外、ほかのやつにはこんなこと言わねえよ。おれんとこなんかとっとと出て、デビュー狙うか、ほかのマンガ家のとこに行けってさ」

そんなとき山城は苦笑いを浮かべて感謝の言葉を述べるが、心の中では、また夢が遠のいたと失望している。

ときには、失望どころか絶望も味わう。

今日の昼のことだ。相手は担当編集者の大村(おおむら)——山城が大賞を取った〝日の丸書房〟の青年マンガ誌『ライジングサン』の部員の中でも、ピカ一のヒットメイカーといわれる編集者だ。

「山城さんさあ、きついこと言うようで悪いんだけどさあ……」ちっとも、申し訳なさそうな口調ではなかった。「このネーム、いくら手直ししても目がないと思う。何度も言ってるけど、山城さんのマンガにはキャラクターがないんだよね」

〝キャラクター〟とは、マンガに登場する人物の設定、性格、造形のことだ。マンガ業界では略して〝キャラ〟とも言うが、特異な人物像を思いつけるマンガ家ほど才能があると言われている。

「ないって言うのか、弱いって言うのか……平凡て言うのかわからないけどさあ、一番問題なのはリアリティがないこと」ここで、大きなため息の音。「ほら、先生の本庄さんのマンガってさあ、イヤなやつとか意地悪なやつとか、ねじ曲がってるやつが出て来るけど、ああいう人たちって現実にいるじゃない？　あと山城さんみたいな底抜けにいい人とかもさあ、全部リアルじゃん」結論を言うためか、数秒の沈黙がつづく。「けど山城さんの作品てさあ、本庄さんと同じホラーサスペンスなのに、人が薄いんだよねえ」

「薄い……」復唱してから尋ねた。「じゃあ、そのネームはボツで、別の作品を描けってことですか」

「いや、おれじゃ山城さんをデビューさせられない。だからウチの別の雑誌に持って行くかだなあ……」また数秒の沈黙。「あ、別の出版社でもいいや」

一方的に切られた電話は、死刑宣告に等しいものだった。

「山ちゃん、時間遅いし悪いんだけど、これ頼むわ」

本庄の声で山城はわれに返った。死刑宣告の余韻は残ったままだ。

作業を中断し、立ち上がって本庄の机の前に立った。

「これ」本庄が自分のパソコン画面を見せた。主人公が立った背後には、家を象る大雑把な線が描かれていた。

「家の正面ですね」ネームはすでに読んでいるので、そこになにを入れたいのかはわかっている。

本庄は苦笑した。「倉ッチに頼んだら、全然ダメでさあ」

だが、目はまったく笑っていない。その表情は、イラついている証拠だ。そうなると要求がきびしくなる。

「すいません」奥のテーブルの倉田が大声で言い、頭を下げた。本庄にというより、ほかのアシスタント連中、特に山城に対してだった。アシスタント全員が首をすくめる。

「新キャラのミーコんチ……イヤミなくらい幸せそうな家じゃなきゃならねえの」

本庄は周囲の雰囲気に気づかず、手元に置かれたネームのノートを指差した。「山ちゃん、適当な家見つけてスケッチしてきてくんねえ？　自転車つかっていいからさあ」

「わかりました」

山城は席に戻り、外に出る支度をはじめた。

場をなごませようとして、チーフアシスタントの天野が笑いながら言った。「しかし先生、イヤミなくらい幸せそうな家って、それ、ちょっと抽象的過ぎてムチャぶりじゃないすか」

「ええ？　そう」本庄が、少し表情をやわらげた。

「そうっすよ」と言いつつ、これって冗談ですよとわかる天野独特の口ぶりだ。

「けど山城ならさあ、本能的にそういう家がわかる気がしない？」

申し合わせたようにアシスタントが顔を上げ、笑顔をつくった。

この人工的な雰囲気に嫌悪感を感じ、山城は逃げるように玄関に向かった。

ジャケットを着て靴を履こうとしていたとき、天野の声が追いかけてくる。

「しかし山ちゃん、百パー新人賞に引っかかるのに、なんでデビューできないんですかねえ」

ドアノブをにぎった手が止まった。

「山城ってさあ、死ぬほどいいやつじゃん。だからだよ」本庄の声だ。

「だから？」まったく言っている意味がわからなかったのだろう。天野が聞き返した。

本庄のため息の音が聞こえた。

「だからぁ、山城って人間に欠点ある？　無理な仕事頼んでも、絶対イヤな顔しねえし、いっつもあかるくて、不機嫌なときなんかねえじゃん。あんだけ絵がうまいのに、みんなにいばったりしねえし、だれかの絵をボツ出しして、それをへとへとになってる山ちゃんにふっても、そのボツにされたやつを責めたりもしない」本庄は言う。「ありえねえくらいいいやつじゃん」

「いい人だから、デビューできないんですか？」

「問題はキャラ！」本庄が、ほかのアシスタントにも聞かせるように言った。「あいつ、幸せに育ったのかどうかわからねえけど、リアルな悪役が描けねえじゃん……おれみたくホラーとかサスペンスもの目ざしてるのによお。それって致命的」

「え、どういうことっすか」

もうやめてくれと、山城は心の中で叫んだ。

「性格の悪いやつはさ、生きてくうえで、イヤなやつだってバレたら生きにくいだろ。だから自然といい人のふりをするっていうか、演じてるわけよ。ちなみにおれもだけどさ」

全員の低い笑い声。

「けどいいやつって、演じる必要がないじゃん。だから悪人がどういうもんか理解しないまま、おとなになっちゃう」

「ああ、そういうことっすか」天野はなぜか、笑っているようだ。

「な、あいつの中に悪人が存在しねえのよ……だからサスペンスやホラーは絶対描けない。ほんとはさ、『スヌーピーとチャーリー』みたいなマンガが向いてるんじゃね？」

「あの画風じゃ、無理っしょ」

今度は一斉に大きな笑い声が聞こえた。

マンションの廊下に出た山城は、背を向けたままドアを閉めた。「行ってきます」の声も出なかった。

おれだってうらんだり、憎んだり、悪意を持ったりする。だが本庄と天野の会話は身に染みた。子どものころから争いごとがきらいだった。人の悪口を言うのも苦手だ。だからマンガ家には向かない？　なんてことだ。数少ない長所と思っていたことが、致命的な欠点だったとは！　冷静に考えてみれば、いまがやめどきかもしれない。昼と夜にダブルでマンガ家不向きの死刑宣告を受けたのだ。本庄スタジオどころか、マンガ家を目ざすのもやめて、真っ当な職に就くべきじゃないか。

十一月の少し冷たい風を頬に受けながら、山城は決意を固めつつあった。

〝どこから見ても幸せそうな家〟候補は、すでに頭の中にある。本庄のスタジオのある高層マンションから見える、山ノ手の丘の一軒家だ。いつも遅い時間まで煌々（こうこう）

と灯りがついている。家の前まで行けば、きっと笑い声も聞こえるだろう。いったいどんな人が住んでいるのだろうか、と想像をめぐらしていたのだ。

　横浜独特の急坂も、本庄のモーター付き自転車ならそれほど難儀ではなかった。およそ十五分で、目当ての家の前にたどり着いた。周囲は広い庭を持つ家々と、外国人が好んで住みそうな洒落た低層階マンションが建ち並んでいる。

　自転車から降り、家の前に立った。表札を見る。

〝船越宗之　葉子　貴之　杏里〟

　仲のいい一家は表札を見ればわかる。全員の名前が記されているからだ。

　家は建築家のデザインによるものだろう。二階建て。U字型。よく手入れされた庭を囲むように建っている。屋根はまるで曲木家具技巧を用いているようだ。家全体が、実に大胆になっているのだ。

　カバンから、スケッチブックと鉛筆を取り出した。残念なのは、今晩にかぎって家の灯りが消えていたことだ。かといって留守ではないようだ。想像していた笑い声のかわりに、大音響でオペラが流れている。

「近所の人、遠慮して抗議しないのかな」

　どういう題名のクラシックだろう。大音声どころか、やかましいというのが現実だった。

スケッチブックを開き、鉛筆を走らせた。まず家全体の輪郭を完成させる。手前に門を描く。間近に見てわかったが、邸宅の塀まで、家の形に合わせておもしろいカーブを描いている。楽しい。やはり絵を描いているときが、一番幸せだ。口角が上がる。知らない人が見たら、きっと不気味だろうな。でも自然と笑いがこみあげてくる。

絵はどんどん完成に近づく。勢いだけではダメだ。細部にわたって精緻な線が必要になる。それに本庄先生は、それだけでは満点をくれない。

「おれの作品はさ、家も重要なキャラクターなんだ」――が、口ぐせ。画用紙の上に正確な家を再現しつつ、そこに描き手の感情を込めろと要求する。それがあってこそ、家に魂が入る。その魂こそがキャラクターなのだそうだ。

門の正面に立った。玄関を詳細に描くよう、本庄はいつも要求する。特にこだわるのはドアノブだった。

目を凝らして、つぶやいた。「おもしろい形だなあ」

おそらくブロンズ製。超モダンな邸宅だが、ドアノブはアンティークみたいだ。でもレバーのカーブは、家の形態にそろえたようでピッタリだ。

手早く描き終わったとき、そのドアノブが下がった。

少しだけ開く。

また目を凝らした。家の中は、外よりも濃い闇。わずかだが、人影が見えたような気がした。ドアが開いたせいで、オペラの音がさらに大きく響いた。だからあわてた。闇の中の相手に声をかけた。

「怪しいもんじゃありません……いや、怪しいっすね。勝手に家をスケッチさせてもらって」

人影は無言のままだ。

「あの……ぼく、山城って言います。マンガ家のアシスタントで、この家をスケッチさせてもらってました……あ、勝手にスケッチしてすみませんでした」

ドアの隙間から、手が伸びる。手のひらを上に向け、折り曲げるように動かした。どうやら山城を招いているようだ。

「え……中に入れって？」動揺した。だが身体が勝手に動いてしまう。「じゃあ、入らせてもらいます。玄関で説明させていただきます」

門を押すと、鍵はかかっていない。玄関のほうに進んだ。

ドアは少しだけ開いたままだ。

さらに近づいた。

いつのまにか暗闇に立つ人影はいなくなっていた。

ドアの前に立って思案した。勝手に入れってことなんだろうか。しかし、どうして中は真っ暗なんだ？
背後で荒々しく窓を開ける音がしたので、ふり向いた。
向かいの住人だった。じっとこちらを見ている。
動揺した。きっとこの大音声に、堪忍袋の緒が切れたのだろう。自分のせいでは
ないのに、なぜか責任感を感じる。早くドアを閉めたほうがよさそうだ。
「失礼しまぁす」ドアを開け、中に入った。
家人に知らせようと、わざと勢いよくドアを閉める。その途端に、海のようなに
おいを感じた。
真っ暗な玄関ホール。かろうじて上がり框（がまち）の位置はわかった。
「あの……」
廊下手前、左側のドアが開いた。
そこに男の影。
「あ、じゃあ説明させていただきます」いつのまにか気をつけの姿勢になった。
人影はまた、腕を伸ばし山城を招いた。無言のまま、奥に引っ込む。
「え？」困惑しながらも、言葉が口をついて出る。「じゃあ、上がらせていただき
ます」
動転していたが、不審者ではないことをきちんと説明しておこう。

覚悟を決めて靴を脱ぎ、廊下に上がった。

半開きのドアを開け、中に入る。

暗いは暗いが外からの灯りで、そこがリビングダイニングだということはわかった。さっき鼻腔(びこう)に感じた海のにおいが、余計強まった。

大きなテーブルに皿が並んでいる。料理が盛られているから、それらのにおいだろうか。

テーブルには五人。なぜか微動だにしない。まるで蠟(ろう)人形みたいだ。

「あのぉ……山城と言います」

通りを自動車が通過した。一瞬だが、ライトが部屋の中を照らした。

壁は真っ赤だった。フローリングの床も真っ赤だった。

目の前の五人も、顔も衣服も真っ赤だった。真っ赤な顔で笑っている。死んでいる。死んでいるのだ。

端にすわった死体のひとりが動いた。

腰が抜けた。床に崩れ落ちた。悲鳴をあげようとしたが、声が……声が出ない。

突然、部屋の灯りがついた。

血染めの死人が立っていた。

「ぼくの顔、見た？　見ちゃったよね」

口角を上げた。ありえないくらい、ごく自然な笑みだった。

山城は顔をおおった。声にならない悲鳴が自分だけに聞こえた。

2　「キャラ？」

清田俊介がまさに眠りにつこうとしたとき、カイシャ支給の携帯が鳴った。

「はい、清田です」

「明日って休みだったよなあ……お気の毒」真壁孝太班長の声だ。「いまから部長んとこに寄るから用意しといて」

「なんかあったんすか」自分でも不機嫌な声だなあ、と自戒した。

「中区で一家四人殺し……船越さんて家だ。中隊長によると、ありえねえくらいひどい現場らしい」

「了解」清田は携帯を切り、ベッドから起き上がった。

パジャマを脱ぎ、素早くワイシャツを着る。ベッドサイドのテーブルに置かれた手塚治虫の大作『アドルフに告ぐ』が目に入る。四十年近く前の週刊文春掲載時のオリジナル版、それを復刻した大型本だった。値段はなんと、二万二千円。ほんとうはカフェでコーヒーでも飲みながらじっくり読みたい作品だが、三・四キロととても持ち運べる重さではない。そこで明日は一日家にこもって、できるかぎり読み進めようと計画を立てていた。

ネクタイをしめながら、ちょっとため息をつく。因果な商売なのでしかたがない。交番勤務のときならまだしも、刑事を目ざし、希望どおり神奈川県警捜査第一課に配属になったのだ。

準備が整って十分後、真壁班長からマンションの下に到着したとの電話を受けた。

清田のマンションは外廊下があるので、ドアを開けた途端少し寒さを感じた。

「ひょっとして寝てた？」ロビーを出ると、真壁は運転席の窓をおろして声をかけた。

「いや、まあ……」ゴニョゴニョ言いながら、助手席に乗り込んだ。

真壁警部補は四十七歳。長身ではないが肩幅の広いがっちりした体型。目は細いくせに、なぜかクリッとして見え、全体に愛嬌（あいきょう）がある顔だ。張りついた耳は、柔道をやりすぎたせいだろう。愛妻家。遅くできた子どもがひとり。清田はよく、家に食事に招かれる。

運転しながら、真壁はちらっと横目で清田を見た。

「部長、明日はデートだった？」

真壁は階級が下のだれに対しても呼び捨てにしない。あだ名や〝ちゃん〟でも呼ばない。つまり巡査なら必ず○○巡査、巡査部長なら○○部長と言うわけだ。階級が絶対の社会だが、部下をひとりの人間として見ている証拠だ。清田はそういう班長を尊敬していた。

「じゃなくてぇ、明日は一日読書しようかなって……って言ってもマンガだけど」

直属の上司だが、ふたりのときは、なぜかタメロになっていく。

「あれ？」ちらっと清田を見る。「こないだの、あのハーフっぽい子は？」

「ああ、一か月前かな。別れちゃった」

真壁はアクセルを踏み、スピードを上げながら言った。「清田部長さあ、かっこいいからって女の子、とっかえひっかえしちゃダメだぞ」

「おれじゃないよ。向こうが別れたいって」思わず感情的になって言った。

「部長、女の子が寄ってくるのに、意外と早くふられるなあ」笑いを押し殺しているようだ。

ごめんなさい、あなたってあたしが思ってる人じゃなかったみたい、だからあたしが悪いの――そう言って別れを切り出した女子がいかに多いか、と清田は思い出した。

「部長って、一見活発な感じ？　けど実体はただの映画オタク、ただのマンガオタクだもんなあ」

心を読んだように、真壁が言った。

刑事という職業もそうだが、たしかに清田は派手な外見や、高身長ですらっとした体型から、さわやかなスポーツマンタイプ、バリバリのアウトドア派に見えるらしい。だが実際は、身体を動かすことが好きではないし、家が大好きな完璧なインドア派だ。これまでつき合った異性は、このギャップに気づき、彼から去っていった。だが別に恥じてはいない。独身が自分には一番似合っているからだ。

「うるせえなあ」

「部長さあ」真壁は一瞬、きびしい視線を向けた。「おれはきみの上司だからな。車の中ではいいけど、外に出たら敬語は忘れんなよ」

「わかってるって」

「それで、マンガって?」

「ああ、最近は古典に凝っててさ」

「古典? なに、『のらくろ』とか?」

清田は笑った。「そこまで古いやつじゃないよ。手塚治虫の『アドルフに告ぐ』ってのを読もうかなって」

「手塚治虫は知ってるけどさ、アドルフになんとかは知らねえなあ」

「手塚治虫の後期の代表作のひとつですよ。アドルフ・ヒトラーと同時代に生まれた、ふたりのアドルフをめぐる歴史サスペンスって感じかな」

「ふーん」

感心したようにうなずいたが、その作品に対して興味はないらしい。微妙に話題をずらした。「ところで、ヒトラーってどう思う？」

「どうって」

「いや、もしも現代にさ、ヒトラーがいてさ、もし政治家にならなかったらさ、殺人犯になってたって思う？」

「え、殺人犯に？」突飛な質問に即答できなかった。

「おれが思うにさ、ヒトラーがいま日本にいたら、殺人を犯すと思うんだ。でもただの殺人じゃない……なんか人の人生に長く影響を及ぼすような殺人ていうかさ」

相変わらずおもしろいことを言う上司だ、と変なところで感心した。

中区山ノ手の現場付近には、パトカーが五台と警察官輸送車二台、鑑識班の車一台と覆面パトカーが五台駐車していた。路地という路地には規制線が張られ、どこもかしこも警察官であふれている。

真壁はブルーシートに覆われた船越家のぎりぎり近くに車を停めた。

降車した清田は、すぐ向こうに自分たちが所属する捜査第一課強行犯3係の面々を発見した。隣の集団は強行犯4係。県警上層部はふたつの班を投入したようだ。

寒さ解消のため足踏みをしている今野班長に、真壁が近づいて尋ねた。「奥村代理は？」

「まだ、現場から出て来てないみたいですよ」

「来たか、真壁班長に清田部長」

所轄の刑事課と打ち合わせをしていた舟木中隊長が、ふたりを見つけて声をかけた。

「マルガイは？」

「えーと、現時点でわかってることはだなあ……」舟木はゆっくりと、太った身体を揺すり、スーツ内側の胸ポケットから手帳を出した。なかなか優秀な警部だが、見かけは呑気なとうさんという印象だ。

「マルガイは四人……」手帳を読むため、下を向いた。「船越宗之、五十四歳。妻、葉子、五十二歳。長男、貴之は二十五歳。長女の杏里は二十二歳。主人の宗之は経営コンサルタント会社社長。葉子は専業主婦。貴之は銀河銀行本店勤務。杏里は父親の会社の社員」

「みんな、ご苦労さん」

大きな声が聞こえたので、その場にいた3係、4係の全員がふり向いた。

現場の検分を終えた奥村事件担当代理だ。長身で筋肉質、ハンサムな中年だが、今日は疲れた顔つきだった。

「鑑識、もうちょっと時間がかかるってさ……寒いが待っててくれ」

「そりゃ、こんだけのヤマですから」真壁がみなを代表して答えた。

最初に事件現場に入るのは鑑識班のみだ。捜査の責任者である本部の事件担当代理と、捜査班と鑑識の連絡役に指名された刑事一名以外、警察官といえど、だれも鑑識捜査が終わるまで立ち入ることができない。だから現場で待つのは刑事の常なのだ。

奥村代理はみなに聞こえないような小声で、舟木と真壁に言った。「三十年殺しを見てきたけどよ、こんな陰惨な現場ははじめてだよ」

「凶器は見つかりましたか」真壁が聞いた。

「いや、まだ見つかってない」代理は大きくため息をついた。「長くて鋭利な刃物みたいだけどな」

「目撃者はいないんですか」清田が上司たちの会話に割って入った。

「いたよ……事件の通報者」

「通報者？」真壁が怪訝な声で尋ねた。

理由はわかった。その人間がホンボシである可能性が十分あるからだ。

舟木中隊長がまた手帳で確認した。

「山城圭吾って子……二十代の、マンガ家のアシスタントだって」

「その子、ホシを見たんですか」真壁は大声になっていた。

「いや、現場に入って、ホトケさんを見つけたって」

「え、なんで家に入ったんですか」

たしなめるように、舟木中隊長が言った。「まあ、それは真壁班長が本人に聞いてみてよ。いま、港東署で待ってもらってるから」

合掌して目を開けると、全員が笑顔だった。梱包用のビニールヒモで身体を固定され、椅子にすわらされている。テーブルには料理。幸せな一家団欒の光景だ。だが四人の顔や身体には数えきれない刺し傷があり、大量の出血でほぼ真っ赤に染まっていた。

壁や床も血の海だ。

二時間後、現場の検分を許された清田は、奥村代理の言葉が大袈裟どころかそれ以上だったことを実感した。同じ歩行板の背後に立つ浅野は、清田より経験が少ないだけに、胃からこみあげてくるものを必死でこらえているようだ。

「こりゃあ、ホシによる作品だな」

「作品て？」別の方向に置かれた歩行板に立つ石原巡査部長が尋ねた。同期で同じ班にいる。

「遺体を使って、自己表現してるみたいじゃないか」

「ああ、それで作品か」

「早く捕まえないとこいつ……」

「ん？」

「また殺るな」

　どんなに冷たくても、外の乾いた空気はいまの清田にとってごちそう以上のものだった。あの重くるしい現場の空気から解放されたのだ。何人もの遺体を見て、残酷な光景にはなれることができたが、今回だけは特別すぎた。

　大きく深呼吸したとき、奥村代理の声が聞こえた。

「あいつを取調べ官に……けどあいつ、トラブルメイカーじゃないの？」

　覆面パトカーの前で、真壁と奥村代理が対峙している。その背後に、心配そうな顔の舟木中隊長がいた。

「あいつは人との距離を詰められるというか……被疑者をうたわせることには、卓越してますから」

「でも、こないだマル暴とやっちまっただろ」

どうやら自分のことが話題になっているようだ。

「いやいやいや」真壁が苦笑いを浮かべる。「組員で強盗やった被疑者をですね、マル暴のほうが逮捕させろって言って来たんですよ。清田が突っぱねるの、当たり前じゃないですか」

「そういうことか」納得したのか、耳の穴に指を入れた。「中隊長はいいんだな」

「自分はかまいません。清田はいずれ、取調べの専門官にしたいやつなんで」

そこまで評価してくれていたのか、と清田は恐縮する。専門官とは、あるジャンルで特筆すべき有能な刑事に与えられる非公式の役職だからだ。

清田の視線を感じたのか、真壁がふり向いた。

「見てきたか。許せねえだろ。じゃあ、一刻も早くホシを挙げようぜ」

なにごともなかったかのように笑顔で近づき、清田の肩をポンと叩いた。

取調べの可視化が定められた結果、港東署の取調室には急ごしらえのマジックミラーがある。テレビや映画ではどんな警察署にも巨大なマジックミラーが設置されているが、実際はほとんどの部屋にそんな気の利いた仕掛けはない。

そのマジックミラー越しに、清田は山城を見ていた。現場に最初に駆けつけた交番勤務の警察官、機動捜査隊の刑事、そして所轄の刑事課にさんざん同じ質問をされたためだろうか、疲れて机に突っ伏している。服装はジャージ。衣服や靴は全部証拠品として鑑識が押収したため、署にあるだれかのジャージ上下を借りているのだろう。

鏡から視線を感じたのか、山城が顔を上げた。

ウェーブのかかったボサボサ髪。頰にはまばらな無精髭。顔立ちは地味だが悪くない。

細面。眉はすっと長く、目は切れ長で大きい。鼻は高く、ゆるい鷲鼻。悪くないどころか、身ぎれいにすればハンサムな男だ。

「ホンボシかなあ」真壁が首をかしげた。

「かぎりなく怪しいっすね」清田が答えた。

山城と目が合ったような気がした。ぼくをわかって、わかって……そんな感じの目つきだ。

「じゃあ、行きましょうか」

ドアを開けて廊下に出た。すぐに真壁がつづく。

取調室のドアを開けると、今度は直に山城と目が合った。

いまは無表情だ。

おびえているのか、疲れ切っているのか……。

むろん、あんな凄惨な現場を目撃したのだ、犯人でないなら、そうとうのショックを受けたにちがいない。そんなことを思いながら着席した。

「まず、名前と職業、言ってくれる?」わざと笑顔になった。

「山城圭吾です」一度言葉を切り、つづけた。「仕事は、マンガ家のアシスタントです」

相変わらず表情がない。

「何度も同じこと聞かれてウザイだろうけどさ、もう一回、きみがなにをしていたらなにがあったか、話してくれるかな」

何度も証言した結果だろう。自分の体験をすらすらと語った。スケッチをしていたら、玄関が開き、中に入るよう手招きされた。なぜこの家を描いていたか説明しようと入ったら、一家四人が惨殺されていた、と。

「もう一回、確認させて」話が終わるのを待って、尋問を開始した。「どうして山城さん、船越さんの家をスケッチしてたの?」

「先生に言われて……」

「先生?」

「マンガ家の……本庄勇人先生です」

「マンガ家？　本庄勇人？　聞いたことねえな」背後に立つ真壁が口をはさんだ。

「『オカルトハウザー』ってマンガの」山城が上目づかいで言った。

「マンガなんて全然読まねえからさ……オカルト？　ハウザー？　知ってる？」

「家に憑いた幽霊と戦う超能力者の話だよね」清田は助け舟を出した。ふり向いて真壁に言った。「すっげぇ有名ですよ」

「それであんたの先生、どうしてあの家をスケッチしろって？」真壁はわざと、いらいらしたように尋ねた。プレッシャーをかけようとして、山城の真横に移動した。

「別にあの家じゃなくてもよかったんですけど……おれがあの家にしようかなって」

「どういうこと？」

「先生はどっから見ても幸せそうな家を見つけて、写生してこいって」

真壁にはついていけない話のようだった。眉間に皺を寄せ、清田を見た。

「最近のマンガってさ、背景がリアルだし、資料がないと描けないのはわかるよ。けど、ふつうは写真じゃないの？　撮影なら一瞬じゃない。なんで、わざわざスケッチしなくちゃならないの」ほんとうに疑問だったので尋ねた。

「本庄先生、家はキャラだって……」

「キャラって？」真壁が聞く。

山城に代わって清田が真壁に説明した。「キャラって、キャラクターのことです。登場人物の性格とか個性とか、外見の特徴とか」

理解したかしないかわからなかったが、真壁はうなずいた。話を先に進めろという意味だ。

「それで、家もキャラクターって？」

「『オカルトハウザー』は怪奇もんなんで、幽霊屋敷とか出て来るし、家の雰囲気そのものが重要なんです。普通の家と幽霊の住む家、描き分けなきゃなんないから……」

真壁は頭を掻いた。「よくわかんねえな」

「だからぁ」山城がはじめて感情を表し、語調を強めた。「幸せそうな家を、おまえがキャラを想定しながらスケッチして来いって言われて……写真はただの写真で、キャラはないじゃないですか。アシスタントがキャラを意識して、というかキャラになるように念じて描けば、家にも個性が生まれるっていうのが本庄先生の考えなんです」

真壁は挑発でもするように、山城に笑顔を向けた。「だがその幸せそうな家でたまたま、大殺戮が行われていたってわけ？　山城さんさあ、いくらなんでも偶然すぎるだろ」

「でも本当におれは、偶然……」言葉を切り、頭を抱えた。

「山城さんが、船越さんの家の前にいたのは午後十時ごろ……だよね」真壁が確認した。

山城は機械的にうなずいた。

「警察への通報が十一時十五分……どうしてそんなに時間がかかったの？」

「怖かったから……パニックになって、次になにするか、なにも思い浮かばなくて」下を向いたまま答えた。

ふと清田は、山城がテーブルに置いたスケッチブックに目がいった。

「そのスケッチブック、見せてくれるかな」手を伸ばした。

「あ、ああ」

イエスなのかノーなのかわからない反応。かまわず、スケッチブックをつかんだ。

「中、見るよ」

答えを聞かずに開く。

全部、鉛筆画だった。

さまざまな家が、いろいろな角度から描かれている。想像よりはるかにうまい。

あきらかにプロの線だ。

八ページ目に船越の家を発見した。

清田は理解した。実に楽しそうに描かれている。家自体も笑っているようだ。これが家にキャラクターを持たせるということなのか。

次のページもその次のページも、次の次の次の次のページにもなにも描かれていなかった。

だがその次のページには、たくさんの人間の顔があった。

「これは?」

「ああ、キャラクターづくりの勉強に、電車の中とかいろんなとこで、目についた人の似顔絵を描いてるんです」

「そうかそうか」清田は大きくうなずいた。「勉強か?」

「はい」

「ねえ、山城さんは一生アシスタントやってくの? それともマンガ家として独立したいの?」

「ほとんどのアシは、マンガ家として一本立ちしたい……だからプロのマンガ家のとこで修業してるんです」

夢を語るわりには、淡々としているなと思った。

「まあ、そういう才能があればですが」

清田はなんとなく、山城の置かれた状況を理解した。大志を抱いたが、現実に押しつぶされそうになっている子だ。

「え、じゃあさあ」真壁がなにか思いついたように、大きな声を出す。「似顔絵が描けるってことは、犯人の顔を描けるってことだよなあ。機捜に聞いたけどきみ、ちらっと犯人の顔を見たって言ったろ？」

もし描けるなら、早期解決のカギではないか。清田は山城を直視した。

「あ……」山城の目が大きく開かれる。「いいえ、見たかもしれないって言ったんです。いま思うと、どうだったか……」

その顔の動きに、不自然ななにかを感じた。

「なあ、少しはおぼえてるんでしょ、頼むよ」真壁の媚びたような声がからみつく。

目を大きくしたまま、山城は数秒間沈黙した。なにを考えているのだろう、なにか隠しているのだろうか？　清田はさらに注意深く観察した。

すると場ちがいなほど毅然とした口調で、山城が言った。「思い出せません！」

「思い出せない？」拍子抜けしたような声で、真壁がつづける。「だってきみ、犯人に手招きされて船越さんの家に入ったんだろ」

「でも、暗かったから」

「暗くたって、ちょっとは見えるだろ」

「いいえ、手招き以外は……人の影しか見ませんでした」山城は言い切った。「だから、顔なんか見てません。見てない人は描けません」

ノックの音がして、緊張が破られた。

ドアが少し開き、浅野が顔を出した。「ちょっといいですか」

「あ、じゃあ、自分が」清田は真壁を制して立ち上がった。

廊下に出ると、浅野が言った。

「マンガ家の本庄勇人に話を聞いてきました」

清田が軽くうなずき隣室に入ると、奥村代理と舟木中隊長がマジックミラー越しに山城を観察していた。

「それでどうだったよ」ふたりに軽く会釈してから、浅野に尋ねた。

「結論から言うと、山城はシロです」浅野が答えた。「本庄さんは山城が午後九時半ごろ、スケッチをしに外出したと言っています。解剖がまだなので正確にはわからないということですが……検死医が言うには、船越さん一家はおそらく、午後六時から八時のあいだに殺害されたということですから……」

「午後十時にスケッチを開始した山城には不可能か」

清田の口調を、中隊長は見逃さなかった。

「山城がホンボシだと思ってたのか？」

清田はため息をつき、首をかしげた。

それから視線を、マジックミラーにやった。

無表情な山城に向けた真壁の声が聞こえてくる。「ねえ、ほんとになにも見てないの？」

清田は、ふたりの上官を見ずに言った。

「ホンボシとは思わないんですけど……あの子、絶対なんか知ってますよ」

3　「のっぺらぼうかい」

必ず連絡が取れて、いつでも出頭できるようにしておけと言いふくめられ、山城はようやく解放された。朝の六時半だった。衣服から靴にいたるまで、鑑識に没収されていた。だからいま着ているのは、警察が貸してくれたジャージの上下と薄いコートだ。秋とはいえ、少し肌寒い。運動靴も大きすぎる。本庄先生から借りた自転車も、まだ返せないと言われて、山城は徒歩で警察署を出た。

聴取した刑事二名に玄関まで送られたが、五十メートルほど歩いてふり返ると、まだ彼らはそこに立ち、鋭い視線を送っていた。

考えるまでもなく自分は容疑者だろう。それも当然だ。殺人が起こった家をスケッチしていたのはまったくの偶然だが、家の中で目撃したことをなにも証言していないのだから、怪しまれてもしかたがない。

隠すつもりはなかった。しかし最初に現場に駆けつけた警察官にも、次にやって来た機動捜査隊の刑事たちにも、なぜか犯人をはっきり見たことは言えなかった。きっと証言自体、支離滅裂だったにちがいない。頭の中が真っ白だったからだ。いま受けた正式な事情聴取でも、辻褄(つじつま)を合わせるしかなかった。ヘタなことを言えば、真犯人とまちがわれる。

だが一番の理由は、恐怖だった。

言葉では表現できない陰惨な現場で、血まみれの遺体といっしょにすわり、突然食卓の灯(つ)りを点け、山城に数秒間、笑い顔を浮かべたあの狂気——凍りついた山城は、その顔を直視することができなかった。

灯りが消えたとき、自分も刺されるのだと思った。しかし犯人は無言でリビングを出て行った。山城はその場にじっとしていた。

玄関のドアが閉まる音を聞いたが、犯人は戻ってきて、やっぱり自分を殺害するかもしれない。

希望が湧いたのは、犯人がいなくなって何十分後だったか。

そのあとは、あの家から脱出することだけを考え、しばらくは警察に通報しようなどと思いつきもしなかった。

それに、根本的な疑問が解けていない。いったいどうして、あの男は自分を殺さなかったのだろう？

考えにふけりながら見晴トンネルを抜け、本牧通りのほうに歩いていた。たぶんバスはもう動いている。本来なら先生のスタジオに戻って報告すべきだが、疲労困憊なので、自分のアパートに帰ることにした。

横浜駅行きの市営バスに乗ったとき、またあの忌まわしい声がよみがえった。

「ぼくの顔、見た？　見ちゃったよね」

いったいなぜ、あの男は自分に顔をさらしたのか？

一番うしろの座席にすわり、無意識にスケッチブックを開いた。あのイヤミなほうの刑事の言葉を思い出した。

「似顔絵が描けるってことは、犯人の顔を描けるってことだよなあ。機捜に聞いたけどきみ、ちらっと犯人の顔を見たって言ったろ？」

否定したのは、ウソではなかった。

実際には、彼は犯人の顔を見た。だがその造作は、記憶から抜け落ちている。

なにも描かれていない真っ白なページを開いた。鉛筆を取り出し、紙面を見おろす。

手が自然に動いた。

いつのまにか、あの男の輪郭が現れた。

小柄でほっそりしている。

服装はフードの付いたスポーツウェア。

右手には長い包丁のような刃物。

顔は……？

まったく思い出せない。刑事に証言したことは、やっぱりウソではなかった。ほっとした途端、なぜか笑みがこぼれた。

もう一回、犯人のフードの奥の顔を思い出そうと試みた。

なにも浮かばない。

「のっぺらぼうかい」山城はつぶやいた。

4「ミカド」

　午前八時半、一回目の全体会議が行われた。場所は本牧にある港東警察署の大会議室。大事件なだけに特別捜査本部が設置された。戒名は〝山ノ手二丁目一家四人殺人事件〟。

　本部捜査第一課の強行犯3係と4係を中心に、所轄警察署で緊急の仕事を抱えていない警察官全員が捜査官となった。その数、およそ二百名。初動捜査に大人数を投入するのが、いわゆる神奈川方式というやり方だ。

　正面の机には、捜査第一課課長と奥村代理。港東署署長、同署刑事課課長。舟木中隊長と4係の中隊長などのおえらいさんが並んでいた。事案が事案だけに、いつも以上に強張(こわば)った表情だ。

　敬礼のあと、「休め」の合図で捜査員全員が着席した。

　清田は真壁班長といっしょに、列の真ん中くらいに腰をおろした。本来なら一課の人間は最前列にすわるべきだ。だがふたりとも完徹で十秒間に一回、欠伸(あくび)が出る。

　一課長がマイクを手にした。

「これは未曽有の大事件だ。したがって事件の詳細……特に遺体の状況に関しては絶対に口外しないでもらいたい」

一旦言葉を切り、出席した全員を見るようなそぶりをした。

「一家四人が皆殺しにあったというだけで、マスコミはセンセーショナルに取りあげる。ましてホトケの猟奇的な状況など知ったら大騒ぎだ。みんな、頼んだぞ」

「はい」「わかりました」など、全員が口々に言い、うなずいた。

「知ってるか？　四人とも椅子に縛りつけられていたんだと。しかもホトケさんたち、無理に笑顔に細工されてたってよ」

「完璧なサイコパスじゃねえか」

「テーブルにはさ、ホシが調理したスパゲッティとチキン、スープが並んでたっていうじゃないか」

「あと、オペラがすっげぇ音で流れてたって？」

「『ミカド』って、ふざけた題名の歌劇だってよ」

「なに、それ」

「知らねえ」

隣の席で話をしているのは応援の警察官のようだ。もちろん船越一家の遺体は見ていないし、食卓の細かな状況も教えられていない。だからウワサ話でしか情報を得られないのだ。

船越家のリビングでかかっていた『ミカド』については、山城の事情聴取後、自分のスマートホンで検索した。

十九世紀、ロンドンで開催された日本展により、かねてから話題となっていた〝日本〟という国がヨーロッパ中でいっそうブームになり、ウィリアム・S・ギルバートという脚本家とアーサー・サリヴァンという音楽家がコンビを組んで生み出したオペラとのことだった。日本の首都ティティプー（秩父（ちちぶ）？）で繰り広げられる恋愛喜劇だが、およそ日本とは思えぬ非現実的な舞台設定のストーリーらしい。

清田も地域課の巡査時代、何度か特別捜査本部の手伝いに駆り出されたことがあった。そこで知ったことは、全体会議においては事件の詳細や捜査方針は話し合われないということだった。担当の警部補が順番に指名されて立ち、捜査の進展を発表することなど絶対にない。そういう話は各班の長が個別に上官から指示を受け、それを部下に伝達するのだ。

これから毎日行われる全体会議の目的は、トップが、一日も早く事件を解決に導くよう捜査員を鼓舞し、檄（げき）を飛ばすことにある。

会議が終わると、舟木中隊長が清田や真壁、3係全員を集め、今度の捜査では〝シキ〟を担当し、4係が〝アシ〟を受け持つことになったと説明した。〝シキ〟とは面識とか識鑑の警察用語で、主に顔見知り——つまり被害者の親や親戚、友人や知人、仕事関係者から話を聞く捜査だ。3係は、同じく〝シキ〟に割り当てられた港東署刑事課の刑事らとコンビを組み、ふたり一組で捜査に当たる。

一方の〝アシ〟とは、足取りとか足跡の略で、隣近所、あるいは地区全体から目撃者や不審者、不審な車輛（しゃりょう）などを捜し出す作業だ。防犯カメラのチェックも、彼らの仕事になる。

ここには大量の人員が必要となる。手伝いに駆り出された所轄の警察官の大半はスーツに着替え、にわか刑事として、ふたり一組で一軒一軒を訪問し、聞き込みを行う。それらを統括するのが4係の役目だった。

殺人事件の大半が怨恨やトラブルを動機としていて、犯人は圧倒的に顔見知りが多い。したがって〝シキ〟中隊がホンボシにたどり着く確率が高い。〝シキ〟こそ、凶悪事案の主役なのだ。しかし今回にかぎっては〝アシ〟がメインだろうと、清田は推測した。あきらかに流し――見ず知らずの異常者による犯行に思えるからだ。

真壁班長も同じ意見だったようだ。

「でも最初は、この近所に前科（まえ）のあるヤバいやつがいないか調べちゃダメですかね？」と、舟木中隊長に進言したのだ。

「ああ、まあなあ」舟木中隊長もすぐに、真意を悟ったようだ。笑いながら、「残業して〝アシ〟を手伝いたいって言うんなら、向こうの中隊長に話してやってもいいぞ」と言った。

「お願いします。自分と清田がお手伝いさせていただきます」

「ちょい待ってくださいよ。おれ、そこまで仕事好きじゃねえし……」

清田は叫んだが手遅れだった。「わかった」と舟木中隊長は言い、4係のほうにさっさと行ってしまった。

5 「マンガの神さまに愛されなかった男」

警察から解放された次の日、本庄先生が五日も休暇をくれたので、山城は南区にある実家に行くことにした。忙しくて、半年近くも顔を出していなかったからだ。

高台にある二階建ての家は、横浜の小さな広告代理店に勤める父の健太が、母の由紀が止めるのも聞かず、清水の舞台から飛び降りる心境で大借金をして購入したものだ。

ときどき面倒くさくなるが、仲のいい家族だった。学生結婚して二十代前半で子どもをもうけた両親は、同じ齢の友人たちの父母よりたいてい五歳から十歳若い。二卵性双生児の姉、綾は市内の貿易会社に勤めているが、なかなか嫁に行きそうにない。

その三人が、玄関を開けると廊下に立ち、笑顔で山城を迎えた。

「大変だったなあ」父が言った。

「ごはん用意したから」と、母。

「圭吾、今日は泊まっていけよな」と、綾がまるでボスのように腕組みをした。

手を洗い、うがいをしたあと、食堂に行くと、テーブルには、みそ汁とごはん、オムレツのほかに、大好物のコロッケが山のように盛られた皿と大量の千切りキャベツがあった。

途端に腹がへってくる。昨日から食欲がわかず、ろくなものを食べていなかった。

いただきますをして、早速食べ始める。

「おかあさんのコロッケ、やっぱりうまいなあ」そう言って、二個目のコロッケを箸ではさんだ。

「……けど、大変だったねえ」母がしみじみと言った。

「見ちゃったんだもんなあ」父がうなずく。

「うん……」山城は咀嚼(そしゃく)しながら答えた。急に食欲がなくなる。

「昨日の夜はね、もしも圭吾くんが入った家の中に、まだ犯人がいたらなんて思っちゃってね……寝られなくなっちゃった」

実際にいたんだよな！　おれはその事実から逃げている。血圧が上がったのがわかった。鼓動が急に速くなる。あのときの恐怖がよみがえりかける。

顔から笑みが消えたことに、父は気づいたようだ。

「おい、笑いごとじゃないって」母をいさめた。

「笑いごとで言ったんじゃないわよ」母が唇を尖らせる。

「ふたりとも、ほら、その話はやめて」綾が言った。

「あ、ああ……心配させてごめんね」山城は無理に口角を上げた。なんとか、この話題から家族を逸らさなくてはと思った。

父はしげしげと山城の顔を見た。

「なんだよ」

「あのさあ……そろそろどうだ。会社勤めもいいんじゃないか」

「え……」唐突なアドバイスに、面食らった。「あのさあ、おれが殺人現場を見たのとマンガ家のアシって仕事にはなんの関係もないんだよ。アシスタントは、別に危ない職業じゃないんだから」

「おとうさん、事件口実に、もう圭吾の夢摘んじゃうわけ」綾があいだに入った。

笑ってはいたが、本気で援護してくれているようだ。

「あ、ちがうって。一昨日、圭吾が巻き込まれた事件と、いまの話は関係ないって」父が必死で首をふる。「じゃなくてぇ、マンガ家になることだけが人生じゃないだろ？ まだ若いんだからさ、ほかのこともやってみたらどうかってね」

茶碗を置いた。返す言葉がなかった。事件を目撃する直前まで、そろそろ足を洗う潮時だと考えていたからだ。

「ほら圭吾、あんたもそんな悩まない。おとうさん、無責任に言ってるんだから」

綾の声でわれに返った。まっすぐ父親を見る。

「おれ、もうちょっとだけがんばるよ。やっぱマンガってもん、尊敬してるから」

おいおい、一昨日の決心はどこへ行ったのだと思いながら、しゃべっている。

「尊敬か……」父が意外そうな顔をした。

「マンガって、正しいことは正しい、まちがってることはまちがってるってマジに言える媒体じゃない？ 悪は滅びて、いいもんは絶対勝つ。そういうメッセージをバカ正直に残せる表現方法って、いまじゃマンガだけだろ？ だからおれ、やっぱマンガ家になりたい」

父は唇をかたく結び、わかったと二度うなずいた。

「でも、あんまりがんばりすぎないでね」母が笑顔で言った。

「大丈夫、おとうさんとおかあさんの子だから」

「だよねえ」綾が大きく、首を前に曲げた。

「あ、圭吾くん、先生からお休みもらったんでしょ。明日もごはんいっしょ？」

「いや、明日は……」秘密ではないが、照れくさくなって口をつぐんだ。

「明日は、夏美とデートだろ？」

川瀬夏美が綾の高校時代の同級生だったからといっても、あけすけというかデリカシーのない姉だな、と山城は思う。

「孫の顔、そろそろ見たいし、夏美ちゃんと結婚しちゃえよ」

父の話は、相変わらず飛躍する。

「ちょっと早いよ」

「しかし夏美さんのほうは、圭吾と同い齢だろ？　女性なら適齢期だろう」

「女だって、いまどき早いって」綾がすかさず口をはさんだ。

示し合わせたように、父と母が笑った。

なにか不自然な空気だ。無理やり、笑いに満ちた一家団欒を演じようとしているような。なにもかも全部、自分があんな異常な体験をしたせいなのだろうか。

午前零時。風呂から出て、そろそろ寝ようと自室に入ったところで、だれかがドアをノックした。

「なんだよ」ドアを開けた。

「しばらくしゃべってないじゃん」綾が缶ビールを手に、笑顔で立っていた。

兄弟姉妹にも、馬が合う合わないがあるというが、山城と綾は一度も仲が悪くなったことがない。あまり顔が似ていないので、小学校や中学校では、生徒や先生にカレシとカノジョだと思われていた。別々の高校に通ったときは、余計にそう思われた。誤解されて当然なほど、親密で秘密のない姉弟（きょうだい）だった。

「綾、カレシは？」飲みが進んで、思わず尋ねた。

「うーん……いないけど……ちょっと気になる人がね」めずらしく綾が、ごまかした。

「おっとできたな。結婚か」

「バーカ、昨日知り合ったばっかりだもん」

「かっこいい？」

「まあ、好み？」綾は三本目のビール缶のステイオンタブを引っ張った。「しかしオヤジ、そろそろ嫁に行けってうるさいんだよね」

「あのふたりがおれらの齢には、もうおれらはいたからな」

「まったく、よくあの年齢で結婚したよな」

二本目のビールをひと口飲んで、綾に顔を近づけた。

「最近、夫婦仲はどうよ」

「相変わらず、あたしの前では仲いいよ」

「おとうさんのほら、あれは？」小指を立てた。

「あのキャバクラの子？　別れたみたい。でも、あのオヤジのことだからねえ」

「おかあさんは？」

綾が笑いながら言った。「気づいてたと思うよ。さすがに、むかしみたいに手首切ってやるとか、刺してやるとか、家出したりとかはないけどね」

「あのふたり、ほんとにまだ仲がいいのかなあ」

「さあねえ」綾が首をかしげた。

三本目の缶ビールを飲みほして、綾が言った。

「圭吾さあ、あたしになんか話ない？」

「え……？」

自分のことを一番知っている姉のことだ。もしかして犯人を見たこと、それを警察に黙っていたことを見透かされたのだろうか？　いやいや、いくら双子だって、心の中まで読めるはずがない。そんな思いが渦巻いた。

「あんた、おとうさんがそろそろマンガ家になることに見切りをつけたらどうだって言ったとき、変な顔したじゃない。前ならすごく憤慨して突っかかるのに、なにか躊躇(ちゅうちょ)したみたいな、なにか言いたそうな顔をしたじゃない」

そっちのことか……山城は視線を落とした。

顔を上げると、綾が睨んでいた。ヘタに否定できないことを悟った。

「綾にはウソがつけねえな」無理に笑った。「実はさあ、次に描いたもんがダメだったら、マンガ家あきらめようと思うんだ」

綾が無言で見つめた。

「おれさあ、やっぱ才能ないわ」

「なに言ってんのよ。あんなに絵がうまいのに」

「マンガってさ、絵はうまいほうが得なだけで、実は関係ないんだよ。現におれよりずっとヘタな人でもデビューしてるし、人気マンガ家になってる。マンガはストーリーとコマ割りのセンス、構成……」一旦、言葉を切った。「けどこれは、努力して訓練すればなんとか補える」

「じゃあ、圭吾は努力が足りないんだ。才能ないなんて言わないで、がんばればいいじゃん」

「そのとおり！」山城は綾の目を見た。「でも努力しても、どうしようもないものがある」

「なに、それ？」

「キャラクター」

「キャラクター？」

「読者にズキュン！　とくるキャラクターが発明できなきゃ、マンガ家にはなれない」山城は言った。「おれには、それが創れない」

「そんなことはないよ」綾も無理に笑っている。「そうだ、圭吾は大器晩成なんだよ。時間かけて、いっぱいイヤなことやいいことを経験すれば、きっとすごいキャラクター生み出せるよ」

「それが無理だってわかっちゃったんだ」自然と涙ぐんできた。

さすがの綾も、言葉が出ないようだ。

山城は笑った。「でもほら、まだあきらめちゃいないって。いま描いてる作品、きっとどっかの編集者に気に入ってもらえると思うんだ」

「だよね」笑顔が戻った。「めげるな、圭吾」

「でもおれ、どっかで思うんだ」ため息をついた。「おれってマンガをだれよりも愛してるけど、マンガの神さまには愛されない男なんじゃないのかなって」

綾が吹きだすように笑った。

「なんだよ？」

「マンガの神さまに愛されなかった？　そのセリフって、プロとしてデビューして、そこそこ食べられる人の言葉じゃない？　圭吾みたいなデビュー前のマンガ家が、それを言う？」

山城も吹きだした。「そうだよなあ」

6 「結婚してくれない？」

海の見える公園だった。今日は日差しも強い。土曜日ということもあって、大勢の人出だった。

夏美を待つあいだベンチにすわり、新しく買ったマルマンのスケッチブックを開いた。前のやつは十枚未使用だったが、事件のことを思い出すのでつかわないことにした。

人が多いということは、山城にとって絶好の勉強日和だ。鉛筆をカバンから取り出し、隣のベンチで話す主婦ふたりを観察した。お互い赤ちゃんがいるのか、近くにベビーカーが置かれている。

片方の、丸顔の主婦を選んだ。笑うと目がなくなるところが気にいった。手早く顔を描き、それから全身を写生した。

向こうで孫とサッカー遊びをする老人の顔にも興味をひかれた。長くスポーツでもしていたのだろうか、日焼けし、年齢のわりに精悍(せいかん)だ。孫は五歳くらいだろう。

老人の顔の輪郭を完成させた。

そのとき老人の蹴ったボールが孫を通り越し、山城のベンチの背後の芝生に転がり込んだ。

孫はふり向き、山城をじっと見る。

「え、おれ？」自分を指さした。

老人が魅力的な笑顔で、山城にうなずいた。

「おれに、ボール拾ってこいって？」スケッチブックをベンチに置き、立ち上がった。

芝に入り、サッカーボールに近づく。

ふり返って、孫に向かってボールを蹴った。

うれしそうな孫。老人も頭を下げる。

山城はベンチに戻り、老人の顔を完成させた。

「スケッチ、がんばってるね」

背後に、とっておきの笑顔の夏美が立っていた。

「ひさしぶりぃ」

彼女の笑顔につられて、山城の口角も自然に上がった。

夏美と知り合ったのは、飲み会だった。同じ大学の同期の友人に、どちらかといえば人数合わせみたいな状態で誘われ、それでもなにかいいことがあるかもしれないと期待して参加した。なにせ、アシスタントには出会いがない。

夏美は小柄でキュートな女性だった。初対面で好感を持った理由は、外見以上に笑顔が素敵だったからだ。澄んだよく通る声も、好感度ポイントで高い点数をはじき出した。

決定打は、二次会のカラオケハウスだった。夏美はなかば強制的にマイクをにぎらされた。友人のだれかが、「これが夏美の十八番」とMISHAの『Everything』をリクエストした。とても難易度の高い曲なのは、山城も知っていた。それを彼女は、信じられないくらい上手に歌った。まるで天使のような声だと感動した。

必死の思いでスマホの番号を聞き、ふられる覚悟を決めてから食事の誘いのショートメールを送った。答えはオーケー。こんなかわいい人なんだから、きっとつき合っているやつがいるだろうと思ったが、何度か食事をともにしたあと尋ねると、いまはだれもいないという。大げさではなく、命がけで交際を申し込むと、いつもどおりの笑顔で受けてくれた。信じられなかった。姉の綾の高校の同級生だと知ったのは、彼女を実家に連れていったときだった。

「ほんとに、すごいひさしぶりじゃない?」夏美は責めるように言い、隣に腰かけた。

山城のスケッチをのぞき込み、「相変わらずうまいねえ」と笑った。

「ガキの頃、テレビでさ、ある有名マンガ家が言ってたこと本気にしちゃってさ」

「どういう言葉？」

「マンガ家になって短命で終わりたくなかったら、できるだけ多くのキャラクターを描き分けられるように訓練しろって……マンガ家の中にどれだけ多くのキャラがあるかで、マンガ家生命が決まるぞって。大勢持っていれば、大手芸能プロダクション並に、入れ替わり立ち替わりスターが出せるからって」

「なるほど」

絶妙の合いの手に、山城はいつもしゃべりすぎてしまう。

「……それには寸暇をおしんでスケッチしろ。街を歩く人を素早く描きとめろ。いろんな顔があることがわかるって」

「それをまじめにやってて、今日の山城圭吾があるわけね」

山城は大きく息を吸い、吐いた。

「でもさ。そもそもおれ、マンガ家になれるかどうか……イマイチ才能ねえし、本庄先生が言うように向いてないのかもしんない」

昨夜の綾と同じように、夏美にも弱音を吐く自分がイヤになった。

「ごめん、聞いていい？」

「ん？」

「それって、圭吾が巻き込まれた怖い体験と関係してる？」

夏美ははじめてあのことに触れた。きっと自分に気をつかっていたのだ。

「多少は」

「多少って」

あの体験以来、はじめて胸の内をさらす決心をした。彼女を心から信頼しているからだ。

「死体がいっぱいあった」喉までなにかが込み上げてくる。「それがおれを見ていた……おれ、生まれてはじめて身体が動かなかった」

夏美は、うんうんとうなずいた。

「そのあと、すぐに思った」

「なにを……？」小さな声で尋ねた。

「人間は簡単に死ぬ。それもいつ死ぬかわからない……だから」唾をごくんと飲み込んだ。「だからおれ、マンガ家にいつかなろうなんて、現実味のない夢追ってる場合かよって……もっと現実をしっかり見つめて、あきらめるときはあきらめて、地に足つけて生きるべきじゃないかって」

公園近くのホテルのコーヒーハウスに移動した。創業百年、横浜で一番古いホテルだ。昼食時なので、山城はスパゲッティナポリタンとコーヒー、夏美はオムライスとミントティーを注文した。

カップルや家族連れで店内は八分の入りだった。中年の男女の団体客が、この時間なのにジョッキ片手に宴会をしている。

夏美が途切れた話題を戻した。

「でもあたし、圭吾が現実を見ていないとも、夢みたいなことを追ってるとも思わないな。だってマンガ家のアシスタントだって、なかなかふつうの人にはなれない職業だよ」

下を向き、返事を少しためらった。自分自身を苦しめる言葉だったからだ。

「目標とか夢ってのはさ。近づけば近づくほど遠いってわかるんだ。新人賞取ったりプロのアシになったり……そうするとはっきり、選ばれた人とそうでない人とが見えてくる」顔を上げて、夏美を見た。「おれは後者だった」

「え、なに？　どうしてそう決めちゃうの？」

「おれ、キャラクターが創れないんだ。特に悪いやつが描けない……おれん中にそういうキャラがいないから」

「ねえ、わかんないなあ……」重苦しい雰囲気をきらってか、夏美は無理に笑った。

「どうして？　どうして圭吾の中にないってわかるの？」

「ほら、おれよく、本庄先生にしかられるって言ったことあるよね？　おまえはいいやつすぎる……もっと悪くならないとダメだぞって」ため息をついた。「いいやつは、マンガ家に向かないからって」

ウェイトレスがコーヒーとティーをテーブルに置いた。

彼女が去るのを待って、夏美が口を開いた。

「いい人って長所じゃない。それがなんでダメなわけ？」

「マンガのキャラってさ、所詮自分の投影じゃん。特におれみたくサスペンス描きたいやつにはさ、悪役キャラの魅力とリアリティが重要なの。そうすると実生活でいいやつは、そういうキャラが創れないって先生は言うんだ」

「え、意味わかんない」

「その人間自体の中に悪がないやつは、悪が描けないから」

「じゃあさ、悪いやつはいい人が描けないわけじゃない」

山城は首をふる。

「だから、それがちがうんだ。悪いやつは、いい人のふりをして世の中渡っていかなきゃならないだろ。だからいい人の観察を、子どもん時から無意識にしてる」

夏美はあきれ顔で笑った。「じゃあ、いい人だって……」

「もともといいやつは、世の中渡ってくのに、別にふりしなくていいじゃん。だから悪いやつを観察してないんで、悪人のキャラが創れない」

夏美はミントティーをひと口飲んだ。

「つまりマンガ家は、イヤな人じゃないと一流になれないわけ？」

「……ていうか、マンガのためには、マンガ家はいい意味で悪魔に魂売れってことさ」

料理が運ばれてきたので、また会話は中断された。

フォークでスパゲッティを巻き上げていると、夏美が尋ねた。

「いい意味でってなに？　魂売るとどうなるの？」

フォークを皿の上に置いて、夏美を見た。

「そのいいもん悪もんのキャラクターはやがてマンガ家をはなれ、逆にマンガ家を支配する」

「え、どうゆうこと？」

「ある有名な先生が言ってた。自分のキャラクターが勝手に動き出すらしい……紙の上の登場人物が作家を操るようになる」

「じゃあさ……」夏美は手にしたスプーンをテーブルに置いた。「キャラクターが勝手に行動したら、作家はどうしたらいいかわからなくなるってこと？」

「そういうことかな」

夏美はしげしげと山城を見た。

「……でもさ、そもそも圭吾は、どういうマンガを描きたいと思ってマンガ家を目指したわけ？」

「マンガはさ、人の感性を豊かにして、できれば勇気づけるために存在する。人が生きるとはなにか、死ぬとはなにか……自然に伝える最高の表現媒体じゃないか。おれ、そういうマンガが描けるようがんばりたかったんだ」

もうがんばるのも最後かもしれないけどね、と心の中でつぶやいた。

「じゃあさ、イヤな人にならなくても描けるマンガがあるかもしれないじゃない。別にリアルな悪人が出る作品なんか描かなきゃいいじゃない」

たしかにそうかもしれない。でもマンガ家は、自分の描きたいものしか描けない。その選んだジャンルに才能がなくても、それでしか勝負できないのだ。

そう言おうと口を開いたとき、夏美が真剣な顔で言った。

「圭吾みたいな人は売っちゃダメだよ」

「え……？　売る？」

「悪魔にだよ」よく響く声だった。「悪魔になんか魂売っちゃダメだよ。圭吾はそうしなくたって、きっとすごいマンガ家になれるって」

なにも言えず、ただ黙ってうなずいた。

「はっ！」

叫び声が聞こえた。自分の声だ。

ビクッと反応し、はね起きた。

「……どうしたの、怖い夢？」

隣の夏美の眠そうな声。

目を開けた。カーテンの隙間から、かすかに日の光が見える。一瞬、ここがどこかわからなかった。そうだ、夏美の部屋だ。部屋で話し込み、飲みすぎて、そのまま彼女のベッドで寝てしまったのだ。

どうやらうなされていたらしい。いまのは夢だ、夢なんだ、と自分自身に言い聞かせた。

でも心臓は、ドクンドクンと鼓動したままだ。息も荒い。

夏美がもぞもぞ動いた。完全に起こしてしまったようだ。

「ごめん、なんでもないから寝てくれ」

夏美は山城の肩に手を置いた。

「ねえ圭吾、なんか警察に言えなかったことがあるの？」

察しがいいのか、あるいは昨夜、酔っぱらって余計なことを口走ったのか。

山城はいま、深淵に落ちるような恐怖の中にいた。彼女の声は、まるで天使の救済のように思えた。

「おれ、全然食えねえし、この先もどうなるかわかんねえ……マンガ家になれるかなれないかの正念場だし、来年は別の仕事に就いてるかもしれない。だけど……」

「え……なに？」

「結婚してくれない？」

7 「全部、あたしがやったんです」

清田がその男をマークしたのは、とてもラッキーな偶然がいくつか重なったからだ。

強行犯4係を中心に総動員で現場(げんじょう)近郊の不審者の割り出しが行われたが、捜査線上に浮かぶ該当者はなかった。特別捜査本部は、近辺に設置された防犯カメラに期待を寄せた。しかしすべてを解析しても、犯人につながる情報は得られなかった。ホンボシはおそらく、街中(まちなか)のカメラの位置を熟知していたようだ。犯行時刻前後、船越家近くを走行していた一般車のドライブレコーダーからも可能なかぎり映像を収集したが、結果は同じだった。

清田と真壁が妙なウワサ話を聞いたのは、本牧通り沿いの大衆居酒屋だった。仕事を終えて一杯というわけではなく、班長自らが志願したサービス残業での〝アシ〟仕事で地元のお客から話を聞こうと入店したのだ。本田町や八千代町は船越家のある丘の下に位置し、上が横浜随一の高級住宅街なのに対し、むかしながらの下町風情のある地区だ。

その話をしてくれたのは、町中華を営む老人だった。

「刑事さんたちは要するに、怪しいやつを探してるんだろ？　だったら上のお屋敷街につながるチョイザケ通りってあるだろ。あそこのアパートにさ、ガキのころ、何人も殺したやつが住みついてるってウワサがあるよ」

「なにやった人ですか」清田がチューハイジョッキをカウンターに置いて尋ねた。

「え、よく知らねえ」

「あれよ、あれ」老人の向かいにすわる七十代のスナックのママが代わりに答えた。

「三十年以上前かな、新潟とかでさ、高一の男の子がさ、女の子をストーカーして、その子をふくめて一家三人を殺した事件てあったでしょ」

三十年以上前となると、清田は生まれたばかりで記憶がない。情報を得るためスマホに頼ろうとしたら、真壁が突然思い出した。

「おれまだ中学生だったけど、そんな事件あったあった、やったらすっげえ怖い話として、クラスでも話題になった」緊張した顔でママを見る。「ほんとにその少年……て、いまはおっさんだろうけど、この近くに住んでるってウワサがあるんすか？」

その場で、清田が4係の中隊長に電話で報告した。

4係はこの情報を重く受け止めたようだ。翌日、舟木中隊長から、該当者が船越家近辺に居住しているかどうか、捜査が行われると聞かされた。

該当者の名は辺見敦。事件は一九八六年。辺見は犯行当時、十五歳だった。あまりに猟奇的な事案のため医療少年院に収容され、十五年後に退院したという。その後は名前を変え仕事に就いたが、どこに行ってもすぐに過去が知られ、全国を転々としたようだ。しかし三十年以上経つと世間の記憶はうすれ、しかも辺見はその後事件を起こさなかったため、迂闊にも特別捜査本部はノーチェックだったようだ。

「辺見敦……名前変えてたけど、やっぱり近くにいたよ」

全体会議が終わったあと、感謝の意を込めてか、4係の中隊長自らが清田と真壁に笑顔で報告に訪れた。

少々悔しそうに、「実は捜査員が訪問した一軒の住人だったたんだけどよ。名前も鈴木充郎だし、捜査員によると地味ぃーなおっさんだったんで、わかんなかったたんだよ」

「当然、周辺捜査と行動確認するんですよね」真壁が聞いた。

「もちろん」4係中隊長は力強くうなずく。「そのときは、ふたりも来るか？」

舟木中隊長が笑顔で言った。「おお、行ってこいよ」

重要参考人に任意同行を求める場合、それなりの手順を踏まなくてはならないが、早くて一週間、遅くとも二週間後には辺見を引っ張れるというわけだ。

本田町商店街は、広い車道の両側に店舗が並ぶ。特に北側の歩道の上には、片側式アーケード。昭和のころから変わらぬ商店街のたたずまいだ。

辺見敦はその通りを、コンビニ袋を提げてぶらついていた。八百屋で立ち止まってタマネギを買い、本牧方面に向かったとき、捜査員四名が行く手をふさいだ。

刑事のひとり、4係の班長が警察手帳を見せて言った。

「辺見敦さんだよね。ちょっと話を聞きたいんだけど」

辺見はぎょっとしたようにあとずさり、意外な行動に出た。カップ麺などが入ったコンビニ袋と、タマネギの入った袋をいきなり捜査員に投げ、「うわあああああああ」と奇声をあげてうしろを向くと、一目散に逃げ出したのだ。

清田と真壁はその一部始終をちょっとはなれた場所から見ていた。〝シキ〟として、あくまでお客さま気分だ。ところが辺見がこちらに走って来るので、身がまえざるをえない。

辺見はふたりを刑事と察知したのだろう。急に右折して、八千代町方面に向きを変えた。

白髪頭、痩せて貧相な男だった。

辺見の姿が見えなくなると、真壁がのんびりした口調で尋ねた。

「部長、走れよ」

「え、イヤっすよ。おれら、オブザーバーじゃん。おれらががんばらなくても、すぐ確保できますって」

「清田部長さあ」苦笑いを浮かべて、ちらっと視線を送る。「スポーツ万能みたいな体型なのに、ほんとに運動きらいだな」

「あ、バレた？」清田も微笑んだ。「自分、警察学校の体育や武道の時間がきつくて、やめようかなって思ったくらいですから」

ふたりはゆっくり、辺見が曲がった路地のほうに歩いた。

「警察官てのはさ、運動好きじゃなきゃ勤まんねえって思わなかったの」

「自分はほら、犯罪者の心の中に入り込んで、彼らを知りたいっていうのかなあ……『羊たちの沈黙』のプロファイラー志望でしたから」

「残念。日本国の警察にはそんな部門はねえし……体質の古い県警じゃあ特にな」

路地を曲がると、大勢の捜査員に道をふさがれ、にっちもさっちもいかなくなった辺見が呆然と立っていた。公務執行妨害で逮捕することもできたが、最近は安易にその手段は用いない。権力の濫用、人権無視と非難されかねないからだ。だから捜査員は、あくまで説得を試みているようだ。

清田のうしろに、ようやく最初に警察手帳を見せた4係の班長が到着した。

班長は背後から声をかけた。

「辺見さん、なんで逃げるのよ。話聞きたいだけなのに」

辺見が清田と真壁、4係班長のほうにふり向いた。

突然、地面に崩れ落ちるように両膝を突く。

「すいませんすいませんすいません……」泣きながら土下座した。「全部、あたしがやったんです」

「全部ってなに？　なにをやったの」いましか、言質を取れないと思ったのだろう。4係の班長も抜け目がない。辺見の前に立って尋ねた。

顔を上げた。お代官さまでも見るような、滑稽な仕草だ。

「あの事件です……一家四人の。あれ、あたしがやりました」

捜査員全員が、意外そうな表情になった。

「あっさり、うたっちゃったよ」真壁がつぶやいた。

清田もあまりに呆気ない幕切れに、言葉が出なかった。

8 「顔、見た？ 見ちゃったよね」

伊勢佐木町通りの裏、地下一階にある〝パブ13番地〟は、もともとは山城の父、健太の馴染みの店だ。足しげく通うようになったのは、マスターが同じ高校の一学年下の後輩だったからだ。山城と綾が二十歳を迎えたとき、はじめて連れて行かれた店もここだった。

コの字のカウンター。背後にテーブル席が五つ。奥にカラオケのモニター。中央にスペースがあるのは、ダンスをするためだ。いずれにしろ令和のいま、こんなクラシックな店がと思うが、お客の大半は五十代以上。七十代、八十代もめずらしくない。もちろん好奇心から二十代も訪れ、ずっとつぶれず存続している。

休日最後の日の夜、山城はひとりで飲みたくなった。だが洒落たバーは分不相応だし、かといって居酒屋はやかましすぎる。ほかの店を開拓するカネも暇もないので、結局ここを訪れた。カウンターに席を取れば、マスター以外、だれにも声をかけられない。

午後六時半だったので客は少ない。ビールを注文すると、マスターが親しげに尋ねた。

「圭吾くん、ひさしぶりだねえ。おとうさんと待ち合わせ？」

「いや、おやじ、今日来るんなら帰ります」冗談だとわかるように、笑って返した。

「あああ、来ない来ない。二、三日前来たから今日はないと思うよ」

「どっちにしろ、今日はおれひとりです」

「あれ？　カノジョは？　おやじさん、圭吾くんが結婚を決めたって言ってたよ」

「ええ？　あのおしゃべり！」

山城がプロポーズしたのは、ほぼ二週間前の朝。実家に報告の電話を入れたのが、一週間前の朝。その後〝パブ13番地〟を訪れた父は、当然のように、そのことをマスターに話したというわけだ。喜んでくれたとはいえ、さすがにあきれるものがある。

「うれしいんだよ。許してあげてよ」言ってはいけないことを言ったと思ったのか、マスターは父の肩を持った。それからごまかすように、「あ、カノジョさんもまた連れて来てよ」と笑った。

ビールを半分ほど飲んで、マスターを見た。「しかしおれ、結婚して平気なのかなあって、今さらながらビビっちゃって」

「え、なに？　もうマリッジブルー？　チョー人気漫画家のアシスタントでしょ。生活安定してるし大丈夫じゃん」

笑いながら、右の手のひらを左右にふった。「ぜ〜んぜん無理ですよ。アシなんて給料安いし、生活悲惨だし」

「ええと、本庄先生だっけ？」

「そうです」

マスターの目が動き、視線が入り口のほうに動いた。

「あ、いらっしゃいませ」

山城に軽く会釈して、カウンターを出た。常連客が来たのだろう。

ようやく、かまわれずに酒が飲めるとほっとした。

「え？　本庄勇人先生のアシスタントさんですか？」

マスターとの会話を聞いていたようだ。だれかが声をかけた。よく通る声だった。

声の主は、勧めもしていないのに隣の席に腰をおろした。ちらりとだが、ピンク色の髪の毛が見えた。

「『オカルトハウザー』、読んでます。握手してください」

「え、おれ、ただのアシスタントですよ」

横に目を向け、男の顔を見た。やはりピンクの髪だった。ベビーフェイスだ。一見、少年のように見える若者だった。

男はぎゅっと、山城の右手をにぎった。「おれ、両角（もろずみ）って言います」

「山城です」笑顔をつくった。

「山城さん、この辺住んでるんですか？」

突然、妙なことを聞くなと思った。

「だって、そうすると本庄先生のお仕事場も、この近くだったりしてって思ったから」

そういうファン心理か。なるほど、と納得した。

「たしかに、本庄先生のスタジオはここから近いですよ。おれの実家も近いけど……おれは西区のほうに住んでます」

「へーえ、何人家族ですか」

また違和感をおぼえたが、とりあえず答えた。

「え……四人ですけど」

「おとうさん。おかあさん。おにいさん？」

ヤバイやつにつかまったかな、と思った。ここは逆らわないでおこう。

「姉貴です」照れ笑いを浮かべた。「おれ、二卵性の双子なんですよ」

「そんで、山城さんもマンガ家志望なんですか？」

よかった、話が本題に戻った。でもいまの山城にはシビアな質問だ。

「デビューできるかどうかわかんないすけどね……一応」

「マンガ家かあ、いいなあ」まだ手をにぎったままだ。「ねえ、いつかおれをマンガに出してくださいよ」

マンガをよく知らない輩が言うセリフだ。ここは受け流しておこう。

「いいですよ、もしデビューできたらね」

「悪役とか殺人鬼がいいな」

「殺人鬼……？」

やっぱりヤバイやつだ。なんとかあしらわなくては……。

「ほら、こっち向いて顔見てよ」

なぜか不安な気分になった。その声に、聞きおぼえがあると感じたからだ。

「顔、見た？　見ちゃったよね」

あのときの声だ。気づいた途端、身体がかたまって、声が出ない。

両角は山城の手をさらに強くにぎり、上下にふった。

「人間てさ、人生で一度か二度、人を殺してみたい生き物じゃない？　ブスブス刺してみたりさあ」

悪寒が走る。両角という男の顔を見る勇気すらない。

「それもさ、四人家族ですよね。なんかむかしっから、幸せの象徴って四人じゃないですか。そういう人たちに天罰を下したくありませんか？」

「あの、あんた……」やっと声が出たが、かすれていた。

ふいに両角が手をはなした。

「からかっただけですよ」

沈黙が流れた。

勇気を出して横を向いた。

隣の椅子には、だれもいなかった。

ガタガタと手がふるえ、やがて身体全体が揺れた。

「圭吾くん、ビールのお代わりは？」

いつのまにかマスターがカウンターの中に戻り、山城を見ていた。

「……いま、おれの隣にいた人、よく来るんですか？」

「え……だれ？」マスターはそう言うと、首を右に左に動かした。

声をかけられて、手のふるえがおさまった。

「いまの人、突然いなくなったけど……」

「だから、だれ？」

「えーと……ペンありますか」

「はい」マスターが胸のボールペンを山城に渡した。

ボールペンをしっかりにぎれて、少しほっとした。

ビールのコースターを裏返し、素早くペンを走らせる。

「こういう顔の……」

いまなら鮮明に、両角の顔をおぼえていた。あっというまに似顔絵が完成した。

コースターを手に取り、マスターは老眼鏡をかけてじっと見つめた。

「若い人？　見たことないなあ」

「そうですか」安堵と失望が同時に沸きおこる。

「しかし、やっぱりうまいねえ。記念にちょうだい。圭吾くん有名になったとき、自慢すっから」

マスターがうしろを向き、画鋲で壁にコースターを貼りつけた。

あいつだ、まちがいなくあいつだ、あの家にいて自分に笑いかけた男だ。華奢な体型でピンクの髪、よく通るボーイソプラノのような声。床が崩れ落ちるような感覚をおぼえた。

第二章

必死で走った。
足がもつれてスピードが出ない。
身体がよろける。いまにも転びそうだ。
背後から影男のリズミカルな足音が聞こえてきた。
速い、速い、どんどん距離がちぢまっている。
でも、ふり向く勇気がない。
だれだろう?
影男は、いったいだれなんだろう?

9
「縄で縛った」

辺見敦の事情聴取は九時間にも及んだ。逮捕にいたらない理由は、黙秘をつづけたわけではなく、ただ「自分がやりました」の一点張りだったからだ。

見た目よりずる賢い人間で、心神耗弱、心神喪失を理由とした刑の減軽を狙っているのではないかと、4係の中隊長と取調べ官は考えていた。その反面、素直に船越家の場所をパソコンの地図上で指さし、襲撃ルートも逃走ルートも具体的、近隣の防犯カメラの位置もよく記憶していた。三か月前からあの家を襲撃しようと、周到に準備していたというのだ。だが動機と殺害の状況となると、急にあいまいな供述になる。

「あの家っていっつも遅くまで煌々と灯りがついていて、家族の笑い声が聞こえるんです……腹立つじゃないですか」

どう考えても、心神耗弱に当てはまる動機だ。

「刺したんですよ。それからどうしたか、全然おぼえてません。凶器？　さあ、包丁みたいな刃物でしたが、どこに捨てたかおぼえてません」

あまりに具体性に欠けている。

とうとう4係の取調べ官は、これ以上はらちが明かないと白旗を上げた。結局、3係の清田と真壁にお鉢がまわってきたのは、どうやら奥村代理のご指名らしい。

対峙して正面から見た辺見の特徴は、どこを見ているかわからない目だった。取調べ官が代わっても、気がついていないのか興味がないのか、反応はまるでない。署に連行して最初に薬物とアルコールの検査を行ったというが、たしかに疑いたくなる動作と面差しだ。

清田はわざと時間をかけ、辺見の履歴書、少年時代の殺人に関する資料、先ほどまでの供述調書をテーブルに並べた。

「辺見さんさあ、取調べの刑事が一番気をつけることってなにかわかる？」

「え……」数秒間、清田を睨み、ゆっくり口を開いた。「わかりません」

笑顔のまま、辺見と同じくらい間を取ってから言った。

「相手がこっちの望むことを言ってくれても、それを真に受けないこと」

「は？」

目の動きで、辺見が正常なのがわかった。

「辺見さんの場合、ほんとは船越さんを殺してないって方向で、おれは話をするつもり」

「え？」

目に怒りがこもっている。おそらくはじめて、素を見せた瞬間だろう。

「まず、動機」背後に立つ真壁が、強面で言った。「なによ、幸せそうで腹が立ったって？　でもって三か月前から準備した？　全然、おれにはわかんねえなあ」

「ほんとにすみません」辺見が頭を掻きむしった。「だからどうして殺ったのか、思い出せないんです」

ああ、これが4係の取調べ官を煙に巻いた手法か、と清田は思った。

「いや、班長、わかりますよ」供述調書に目を落としながら言った。「幸せそうな家族って、腹立つもんな。辺見さんの気持ちはわかるよ」

意表を突かれたのだろう。辺見は髪の毛をいじるのをやめ、また無表情に戻った。

「ただそれをさあ、おれら警察のえらい人とか検事さんに理解してもらうのはさあ」満面の笑みを浮かべた。「具体的な凶器の種類と、それをどこに捨てたか言ってくれないと」

「おぼえてません……」

「船越さん一家を殺害したあと、ご遺体をどうしたの？」

「どうした？」復唱した。「ああ」目を見開いた。「縄で縛って、椅子に固定しました」

「なんで？」わざと興味なげに尋ねた。

「罰してやったんです」

「罰した？」

「死んじゃったら、おまえらの好きなことも意味ないだろって」

「それで、縄で縛った？」

「はい」

しばらく沈黙した。それから質問をつづけた。

「そのあと、料理をつくってテーブルに並べたでしょ……なにをつくったかおぼえてる？」

「……忘れました」

「なんで、料理なんかしたの？」

「どうしてですかねえ……」首をかしげた。「おぼえてません」

「かけた曲、おぼえてる？」

「適当にかけたんで、おぼえてません」

「どういうジャンルだったかは？」

「ジャンル？」どこを見ているか、わからない目に戻った。「……おぼえてません」

事情聴取を終えて、廊下に出た。

「どう思う？」真壁が聞いた。

「どうって……」

マジックミラーがある隣室のドアが開き、舟木中隊長が手招きした。

暗い部屋には、ほかに奥村代理と港東署刑事課課長、4係の中隊長がいた。

「清田部長、よくやった。これで逮捕できるな」奥村代理が興奮したように言う。

「ご遺体の話……うまく導いたな」

代理が言っているのは、清田が船越一家の遺体をどうしたか聞いたことだ。縛って椅子に固定したという供述は真犯人だけしか知りえない事実――かなり有力な証言に当たるというのだろう。

「そうでしょうかねえ」しかし清田の考えはちがっていた。「船越一家のご遺体は、梱包用のフリーカットヒモがつかわれていたんですよ」

清田はマジックミラーから被疑者を見た。無表情にただすわっている。

「辺見は縄で縛ったって言ったでしょ」

「しかし、その程度はだなあ」

奥村代理が言うと、残りの三人もうなずいた。

「それとあいつ、固定した理由を罰だって言ったでしょ」清田はわずかに口角を上げた。

「死んだら、おまえらの好きなことも意味ないだろうって、あれか」真壁が補足した。

「あれって、しっくりこないんですよ」

「じゃあ、部長はどう思うんだ」と、奥村代理。

「ホシはあの家族を罰したんじゃなくて、あこがれてたんだと思うんです」清田は答えた。「一家団欒の構図をつくって、自分も加わりたい……みたいな？」

いまの分析に困惑し、みなが一瞬沈黙した。

「それにホシは自分を芸術家というか、一種のクリエイターだと自認してるやつです……となると、辺見は犯人像に合いません」

「そこまで言い切っていいのか」奥村代理が諭すように聞いた。

「容疑はまあ、十分だと思いますけど……」舟木中隊長が、別の観点から懸念を述べた。「一部だけ具体的で、あとはよくわからない、まるでおぼえていないと言いつづける被疑者を送検してですね……はたして、検察は納得しますかね。せめて凶器をどこに捨てたかくらい、ちゃんと調べろとか言ってきませんか」

「辺見がこれ以上、なにかうたうと思うか」奥村代理が清田を見た。

「無理でしょうねえ」

「真壁班長はどうよ？」

「自分も同じ意見です」

「班長は辺見がホンボシだと思うか」奥村代理の目は、すがるようだった。

「供述を聞いているかぎりわかりません。でも怪しいといえば、かぎりなく怪しいですし」

五人はまた沈黙した。

「でも辺見は三十四年前、似たような事件を起こしているし……それを考えれば、かぎりなく犯人像に近くないですか。合わせ技一本で、検察も納得するんじゃないでしょうか」刑事課長が、これまでの話をまとめるように言った。

判断は特別捜査一本部の最高責任者、県警本部長に託されたようだ。

10　「マンガ史上、最凶最悪」

「横浜市中区の、船越さん一家殺害の容疑者が逮捕されました」

テレビで流れた一報に、本庄スタジオの全員が画面に目を向けた。

「山ちゃん、犯人捕まったじゃん」

本庄が山城に、お祝いの言葉でも述べるように言った。

山城も作業の手を休め、テレビを注視した。

「容疑者は辺見敦、五十歳……辺見容疑者は三十四年前、新潟で一家三人を殺害した罪で、医療少年院に十五年間収容されていました」

テレビ画面に辺見の顔が映し出される。

「山ちゃん、あの顔見おぼえある？」天野の能天気な声。

「いえ……」山城は反射的に否定した。

まだテレビ画面には辺見の顔が映っている。

「キャラがちがうよな」本庄が言った。

「え？」山城が本庄を見た。

「ふつうの冴えねえおっさんすぎて、主人公張れるキャラじゃねえってこと……これがマンガと現実のちがいだね」

疲れはてた顔の中年男だった。どこを見つめているのかわからない目つきと異様に痩せて頬骨ばかりが目立つ人相は、たしかに不気味だ。しかし四人の人間を次々に刺して、椅子に固定するような異常なエネルギッシュさは感じられない。

山城はスケッチブックをカバンから出し、机に開いた。

真新しいページを開き、いま見た辺見の顔を描いてみる。

「全然ちがうよ……」こっそりつぶやいて、消しゴムでその顔を消した。

「山ちゃん、一生のチャンス逃したよね」人をからかったり、イヤミや意地悪を言うときの本庄の口調だった。

「はい？」スケッチブックを閉じながら、顔を向けた。

本庄は、なにが楽しいのか笑っていた。

「ほんもんの殺人見たのなんて、この業界にひとりもいねえよ。この前の山ちゃんの災難は、考え方によっちゃ人殺しのキャラを実際に取材できるチャンスだったんだぜ」

黙っていた。ほんとうは本庄の無神経な発言に、怒りをおぼえていた。

上機嫌なまま、本庄は話をつづける。「そういうキャラが山ちゃんに乗り移ってたらさ、いい人卒業できたかもしんねえんだぜ。マンガ家として独立できて、素敵な新婚生活が待ってたかもしれないんだぜ」

なにも言えなかった。スタッフ全員が沈黙している。天野以外はみな、また先生のイジメがはじまったと思っているようだ。

「マンガ家になりてえんならさ、そんくらいのえぐさがねえと」

訓示が終わり、山城は不承不承うなずいた。

こんな先生の弟子にならなければよかった。後悔と屈辱……いや、もっと大きいのは自己嫌悪だ。マンガなんかどうでもいい、この職場を去るべきときだとかたく決心した。


仕事を終えたのは、午後十時。夏美にも家族にも、だれとも会いたくなかった。

〝パブ13番地〟でしこたま飲んで泥酔し、終電で帰宅した。もっと自分を痛めつけたい。駅の近くのコンビニで缶ビールを五本買い、朝まで飲みつづけようと思った。

古いマンションにエレベーターはないので、四階まで階段をつかう。

外廊下を歩き、自室のドアの前に立つ。ジーンズのポケットを探ったが、鍵がなかなか見つからない。どこかに落としたか？

五分経ってようやく、カバンの中から見つけ出した。

身体をふらつかせながら、ドアを押して入る。

「一生のチャンス逃した？　いい人卒業できた？」自分がひとりごとを言う声が聞こえた。

作業用の机の前の椅子に腰かけ、コンビニ袋を置く。

缶ビールの一本を取り出し、ステイオンタブを引っ張る。

本庄の顔が浮かんだ。

「じゃあてめえ、あの現場(げんば)見てみろよ」

ビールを喉に流し込んだ。

「あんな悲惨なもん見て。あの化け物に会って……でも警察には怖くて言えなくて……とどめは、またあいつに会って……でもテレビでは、変なおっさんが捕まって」

立ち上がって、床に置いた段ボール箱に向かう。

箱には、過去に使用したスケッチブックをおさめている。

乱暴に何冊か手に取り、一番最近のものを探し出した。船越家を描いたときのスケッチブックだ。

椅子にすわり直し、バスの中で描いた絵のページを開いた。

右手に長い包丁。フード付きのスポーツウェアを着たのっぺらぼうの男が現れた。

机の上のペン立てから、鉛筆を抜く。

男の顔の右側に、大きなフキダシを描いた。

そこに「顔、見た？ 見ちゃったよね」と、文字を書き込む。

のっぺらぼうを見おろした。テレビに映った辺見の顔を思い浮かべる。

のっぺらぼうに辺見の顔を描き込む。描き終わって、それを見る。

「やっぱりちがう。おれが見たのは、あのおっさんじゃねえ」消しゴムを手に取り、急いで消す。

それからなにも考えないようにして、鉛筆を動かした。オートマティスム――まるで自動筆記のように手を動かす。

頭の中に、夏美の言葉が浮かんだ。

「悪魔になんか魂売っちゃダメだよ」

できあがった。のっぺらぼうに顔が描き込まれた。

きれいな、少年のような顔……ウェイブのかかった髪の毛はピンク。

この顔だ、絶対この顔だ！

笑っていた。なぜか止まらなかった。それから大声で叫んだ。

「マンガ史上、最凶最悪のリアルキャラクター誕生！」

11 「34」

頰にかかる初夏の生ぬるい風は、とても気持ちが悪い。

両側は雑木林。青虫みたいな色の木の葉からは、弱々しく日の光が差している。

山道は思ったより急勾配だ。リュックを背負っているからか、背中は汗でべとべと。少し息も切れる。

予定ではもっと早く出会うはずだったのに、目的の自動車はなかなか来ない。胃のあたりがもぞもぞする。自分をおさえられなくなるときの兆候だ。このままだれにも罰を下さなければ、自分自身に与えることになる。

限界に近づいたとき、エンジン音と笑い声が近づいた。

うしろを見るな。そのまま疲れた旅人のふりをして、車をやりすごすのだ。

五人乗りのステーションワゴンは、スピードを落とし、彼をよけるように横を通りすぎた。

自動車に一瞥(いちべつ)もくれず、歩くことに専念した。

ブレーキ音がした。

ゆっくり顔を上げた。十メートル向こうで、ステーションワゴンが停車していた。

運転席の窓が降り、中年の男が顔を出した。

日焼けしたスポーツマンタイプ。趣味はテニス、と彼は思った。

「一キロくらい下で停まってたミニバン、おたくのですか？」快活な笑みだ。

練習どおり、笑筋に意識を集中した。

「そうなんです。ボロいんでバッテリーが上がっちゃって……徒歩で行こうと思ってたんですけど、きっついですねえ」

「携帯でＪＡＦ呼ばなかったの？　それとも携帯も電池切れとか？」

彼が若いとわかって、急に友だち言葉になった。きっとこの男の属するコミュニティでは、後輩や部下にしたわれているんだろうな、と推測した。

「いえ、目的地がすぐ近くだったんで、とりあえず行っちゃおうかなって」

「……この近くに人家なんかあるの」

友だち口調だが、あくまでソフトな物言いだ。親身になってくれる人、感じのいい人と、だれにでも思われたいキャラクターだ。だから、いまが攻め時だと思った。

「あ、すみません。よかったら乗せてってもらえませんか。ほんと、すぐ近くなんで」

「あ、ちょっと待って」

男は顔を引っ込めた。ここまで話したらことわるわけにはいかない。かといって、家族は警戒するだろう。車の中で妻と子どもふたりに、説得を試みている。

およそ三分後に、男はまた顔を出した。夫の顔になっていた。

「いいですよ、乗ってください」

口角の両端を上げたまま、彼は小走りで自動車に向かった。

後部座席のドアを開けて、中をのぞく。

奥に高校生の兄、手前に中学生の妹。照れたような笑みを浮かべて、会釈した。

ふたりともきれいな顔立ちだ。

「せまくなってごめんね」

「いえ……」妹が席の中央に移動した。

視線を感じた。観察していたのは助手席にすわる妻だった。美しい顔だが、表情はかたい。いきなり現れたヒッチハイカーを警戒しているのだろう。

乗り込むと同時に、車は発進した。

「どちらまで？」運転席の夫が、ちらっとふり向いた。

「すぐそこです」笑顔をキープしたまま言った。「みなさんはどちらまで？」

「別荘があるんですよ」

「へーえ、いいですね」ほんとうは知っていたが、とぼけてそう言った。

「月一回はそこですごしています」

妻が横を向き、夫にきびしい視線を送った。よそ者の前で、無防備すぎると思ったのだろう。なかなかかしこい女だ。

「ぼくなんかド田舎で育ったから、実家自体が別荘みたいなもんでしたし、一家でどっか行くなんてあこがれちゃいますよ」

「いや、うちは横浜市内だけどね。便利だし、ものは簡単に手に入る。その点はいいんだけどねえ。空気はきたないし、うるさいし、逆に田舎暮らしはいいなって……まあ、どっちも楽園ではないってことじゃないかな」夫は話を合わせてきた。

「四人家族ですか」

「そう」

「いいですね、四人家族って」

「そうかな」

「三人でもない、五人でもない……四人って、なんか幸せ家族の象徴みたいに思えるんです」

「そうかなあ……」夫は少し笑った。「幸せ云々(うんぬん)は、数じゃなく中身でしょう。大家族はもちろん、ひとりっ子の家でも、幸せな家庭はあるし」

「うーん」髪の毛を掻きわけた。「ぼくに妹か弟がいたら、父も母ももうちょっと、家庭のことを見てくれたんじゃないかなあって思ってるんです。特に母なんかたいして売れっ子でもないのに、忙しい忙しいって……一家団欒ってものがなかったんですよ」

見ず知らずの人間が、突然家庭のグチを語り出し、面倒だと思ったようだ。夫は話をそらした。

「おかあさま、お仕事されてたの？」

「売れないマンガ家だったんですよ」

「へーえ、マンガ家。すげえじゃん」どうでもよかったのだろうが、夫は大げさに驚く真似をした。

反対側、窓際の兄を見た。イヤホーンで音楽を聴きながら、『ライジングサン』という週刊マンガ誌を熱心に読んでいる。

「あれ？　『ライジングサン』、好き？」

聞こえなかったようだ。妹が兄を肘でこづいた。

「あ……え？」妹を見た。それから状況に気づき、イヤホーンを取り、「はい？」と、彼を見た。

「そのマンガ雑誌、好きなの？　ぼくも毎週読んでるから」

「ああ、ええ、わりと……」

この年齢の子共通の、あいまいな物言いだ。

前を見た。彼から解放されて、夫はほっとしたようだ。運転に専念している。妻のほうは、彼と子どもたちの会話に耳をかたむけていた。

彼はかまわず、話をつづけた。

「去年の暮れくらいからはじまった『34（サンジュウシ）』って知ってる？　ぼく、それに嵌まっちゃって」

「『34』って……」兄はページをめくって、作品の扉ページを出した。三人の主人公が、並んで立っている。「ああ、これ。えぐいマンガですけど、おもしろいですよね。人気あるんじゃないすか」

「そん中に出て来る悪の主役のほう……ダガーってキャラ、ちょっとぼくに似てない？」

兄はページをめくった。独特の髪型のハンサムな男が、ダガーナイフで人を刺す大ゴマだった。

「ああ……」兄はじっとそのキャラクターを見つめた。

「ほんと、おにいさんにそっくり」横からのぞき込んでいた妹のほうが、先に反応した。

「あ、似てる！」兄も同意し、彼を見た。

上機嫌になった。「ダガーってさ、ブスブスブスブス躊躇なく人を刺すじゃない。なんか気持ちよさそうでさあ」

お愛想笑いのまま、兄妹は急に無言になった。

助手席の妻の横顔が見えた。内心、かなり警戒しているようだ。だからいよいよ潮時だな、と思った。

リュックの中に手を突っ込み言った。「あ、この辺でけっこうです」

「え？」夫はあくまで人がいいらしい。「でもここって、人家もなんにもありませんよ」

「いえ、いいんです、ここで」

「ほんと？」

「いいじゃない、ここでっておっしゃってるんだから」妻が強い口調で言った。

「あれ、おかあさん」彼は声をかけた。

妻がふり向いた。

「ひょっとして、ぼくのこと気持ち悪いと思ってません？」自然な笑みがこぼれた。

妻はなにも言わず、あわてて顔を前に向けた。

停車した。

彼はジッパー付きの大きな透明袋を、リュックから取り出した。

中身を見て、隣の妹が困惑した顔になった。

「あ、これはつかわないから」妹にだけ聞こえる声で言った。

シミュレーションはできていた。最初に反対側の窓際にすわる兄。次が妹。前シートのふたりはあとまわしだ。なぜなら、まず背後の状況を認識するのに数秒かかり、それから逃げるにしろ抵抗するにしろ、シートベルトをはずさなくてはならない。逆にいえば、こちらには十分余裕がある。

刺身包丁を取り出した。

12 「34 二」

暦の上ではまだ初夏だろうが、真夏といってもいい暑さだった。山梨県に接する丘陵地帯なら少しは涼しいかと期待したが、窓を開けると熱風が入り込んでくる。原一家殺害の事件現場までは、たっぷり四十分。清田は額の汗をハンカチでぬぐった。

「やっぱ山ン中でも暑いな。エアコンつけるから窓閉めろよ」同じ感想を持っていたようだ。運転席の真壁班長が、横目でちらりと清田を見た。

公務では、いつも上官の真壁が運転を買って出る。清田には、絶対にハンドルをにぎらせない。

「部長は内面に危ねえもん抱えてるからよ、運転もちょっとな」というのが口ぐせだった。

自分が危ないやつだと思われているなんて実に心外だが、班長には独特の持論がある。

「警官はさ、正義一点張りのやつばかりの集まりじゃダメなんだよ。部長みたいに悪を理解できるやつもいないとな、捜査の勘てやつも働かねえ……ただしそういうやつはヤバいんでよ、おれみたいなお目付け役が必要なの」と。

その言葉は、出まかせではなく本心のようだ。清田の突飛な進言を、たいていの班長なら確実に却下するが、真壁は真摯に聞いてくれる。

いまから向かう殺害事件の現場もそうだ。清田はこのヤマが、船越一家事件の模倣犯の仕業ではないかと考えたのだ。

「そりゃ部長、ありえねえよ」

さすがの真壁も最初は否定した。

原幸一、良子、長男の秀幸、長女の五月は、横浜市保土ケ谷区に住む四人家族だ。一家は山梨との県境に別荘を所有しており、ゴールデンウィークをそこで過ごそうと車で出かけた。だが休暇を終えても会社や学校に姿を現さず、失踪したことがわかった。交通事故の可能性があるので山道の捜索も行われたが、手がかりは得られなかった。

しかし三日前、山菜取りで渓流を歩いていた民宿の主人が、道路から数十メートルの斜面にステーションワゴンが落下しているのを発見した。警察官が苦労して斜面を上り、中をのぞくと、腐乱した遺体四体が見つかった。車内は血まみれで、どの遺体にも多数の刺し傷がついていた。

車は木々や葉っぱで巧妙にカモフラージュされており、以前の捜索では見落とされていたようだ。機捜隊が駆けつけ、顔を照合したところ原一家にまちがいないということだった。

「だって原さん一家は四人家族っていっても、おそらく車ン中で刺殺されたんだぞ。船越さん一家の殺害状況とはまるでちがうじゃねえか」

「車内でも、一家団欒でしょ」

さほど食い下がらずに言うと、ぶつぶつ言いながら舟木中隊長の机まで行き、話をつけてくれた。

「しかしなあ……」真壁班長は、長いため息をついた。「今度のって、2係の合田中隊長のヤマなんだよ。合田警部って、おれの先生みたいな人でさあ」

「だから、ちらっとでいいんです。頼んでくださいよ」

二十分ほど走ると、大型のクレーン車とすれちがった。山道ではめずらしい。おそらく原一家の車両の引き上げのため、県警がチャーターしたものだろう。交通整理と迂回路を指示するため、規制線とポールコーン。道路が封鎖された地点が見えてきた。警察官が五名立っている。

気がつくと、辺りはうす暗くなっていた。

真壁班長が警察手帳を見せると、ひとりが「ご苦労さんです」と敬礼し、ポールをずらしてくれた。

現場には覆面パトカー三台、鑑識のバンと警察官輸送用のバスが駐車していた。

邪魔をしてはいけないと考えたのだろう、真壁はだいぶ手前で車を停めた。現場に向かって歩き出すと、何人もの顔見知りの鑑識とすれちがった。

「もう終わりですか」真壁が鑑識の班長を呼び止めた。

「だいたいね……ああ、もう見られるよ」

鑑識仕事が終了し、刑事たちがホトケを見るため現場に入ったようだ。もうひとつの規制線の前に、2係の合田中隊長が立っていた。高い頬骨、四角張った顔。細い眉、うすい唇。迫力のある顔には、不満が表れていた。

「舟木中隊長から電話もらったから一応オッケーしたけど、なんで3係の警部補と巡査部長がご遺体を見たいわけ？」

真壁はへりくだり、ていねいに説明した。2係中隊長は納得したわけではなかったようだが、つき合いの古い真壁に免じてか、しぶしぶ許可してくれた。

ふたりは車に近づいた。

2係の刑事たちは、清田と真壁をいぶかしげに見た。ときには合同で捜査に当たるとはいえ、縄張り意識はぬぐえない。

崖から引き上げられた車は、かなり破損していた。太い木の枝や岩にぶつかったためか、フロントガラスもサイドの窓ガラスも大破している。もとは白いステーションワゴンだったようだが、泥や木の葉で何色かもわからない。

ふたりは、中をのぞいている刑事たちのうしろに立った。

刑事たちを誘導していたのが知り合いの鑑識だったので、清田は質問した。

「刺殺ですよね？」

「まあ、刃物による殺しだね」

しばらくして、ようやくふたりの番がまわってきた。

合掌してから、中をのぞいた。

「ひでえなあ」真壁がつぶやくように言った。

せまい空間で行われたためだろう。船越家の遺体以上に血まみれだった。共通点は、ヒモで座席にくくりつけられていた点。だがどのホトケも腐乱が進行しており、死後笑顔に矯正されていたかどうかはわからなかった。

「……幸せな一家だったんでしょうねえ」

「かもしれんがな、船越さん一家が殺害された状況とは全然ちがうだろ」

いつのまにか背後に、2係の中隊長が立ち、責めるように清田に言った。

「自分には、そっくりに見えますがね」

「わたしも、模倣犯の可能性を検討すべきかと思います」真壁も同じ意見だった。

憤然とした顔の2係中隊長を無視して、清田は身体を低く折り、車の天井を見上げた。

運転席の真上に、小さな裂け目があった。

「なんだよ？」真壁もそれを発見し、尋ねた。

清田は近くの鑑識に声をかけた。よく現場で顔を合わせるポッチャリ顔の男だったが、名前は忘れた。

「この天井の裂け目、調べました？」

「え？」鑑識は首を左右にふった。「たしか、まだ調べてない」

「そういやあ、不自然な割れ目だな」真壁の援護射撃がつづく。

清田は手袋を嵌めながら聞いた。「この中、手とか入れていいですか」

「え、ああ……」鑑識はうしろを向き、カメラを持った部下を呼んだ。「あ、ここ、写真撮って」

部下がやって来て、素早く問題の部分を撮影した。

「失礼します」

ケガをしないよう、割れたガラスの隙間に慎重に腕を伸ばす。

天井に腕を向け、まず指を裂け目に入れた。

「あ、なんかあるぞ」

鑑識のカメラが裂け目に入った手を写す。

2係の中隊長と、その場にいた刑事たちが清田の腕の動きを注視する。

天井の隙間からなにかが現れた。

錆びた金属の取っ手だった。

引っ張り出す。

血のりが付着した刺身包丁だった。

「一家を殺害した凶器か？」2係中隊長が前に乗り出した。興奮している。

「お手柄じゃん、清田部長。すげえ勘」真壁がお気楽な口調で言った。

だが、車に戻った途端、真壁は不機嫌になっていた。

「部長、どういうことだよ」

シートベルトを装着しようとする清田を、真壁はどなった。

「いくらなんでも、天井に包丁が隠してあるなんて、勘だけじゃわからねえべ。なんか隠してんだろ？」

予想していた反応だった。

「でも、勘は勘なんだよ」穏やかに笑いながら、リュックに手を突っ込む。

「この本のタイトル……〝サンジュウシ〟っていうんだけどね」

「サンジュウシ？」真壁が清田を見た。「フランスの……デュマだっけ？　有名なチャンバラ小説の『三銃士』のことか」

「ああ、いま言ってるのは、数字で三十四って書いて……『34』」

「ダジャレかよ」

本を取り出し、真壁の前に出した。

装丁を見て、真壁は意外そうな顔をした。「マンガ？」

「そう、ダガーっていう人間ばなれした殺人鬼をね、主人公の三人がね……刑事と民俗学者、霊能者なんですけどね……ダガーを捕まえるため、力を合わせるってストーリー。三人は高校の同級生で、年齢は三十四歳」

「やっぱダジャレじゃん……まあいいや。それで、勘ってのは？」

清田は室内ライトを灯した。それから付箋を付けた単行本のページを開く。達者な劇画タッチ。少々耽美的な画線ともいえる。

「え……」開いたページを見て、真壁は絶句した。

渓谷の山道。雑木林の斜面から、大破した自家用車をクレーンで吊り上げるシーン。それを見上げる大勢の警察官。

山道に戻された自動車を、鑑識と刑事がのぞいている。中には四人家族の無残な遺体が描かれていた。

「ちょっと、その本貸せ」

「じゃあ、ここから読んでよ」清田は少しページを戻した。「ダガーが標的の一家を、どうやって殺したかのシーンから……」

真壁は奪うように本を取り、読みはじめた。


山道を走る一台の車。

車内。楽しそうに笑う四人家族の絵。

路上に立つ小柄な男の後ろ姿。

急ブレーキをかける父親。

立っていたのはダガー。魅力的な笑顔。

車が山道を走る。
父「大変だったねえ。こんな山道で車が故障しちゃうなんて」
後部座席にダガー「助かりました」
ダガー、横を向き、高校生くらいの兄と中学生くらいの妹に「ごめんね、せまくなって」
助手席の母「どこ行く途中だったんですか」

ダガー「この近所の民宿です」
妹「え、ウチといっしょお」
父「じゃ、家族がもう一人ふえたってことで……送りますよ」
ダガー「四人じゃなく、五人家族かあ！」

そのあとの丹念な殺戮場面を、真壁はうんざりしたような顔で飛ばし、その先を読み進めた。

崖の下。落下した自家用車。
車内をのぞく主人公の刑事ともうひとりの刑事Aに、鑑識四名。
車の中。白骨が四体。
主人公「この天井の裂け目、気になるなあ」
刑事Ａ「鑑識さん、中に手ぇ入れていいかな？」
鑑識Ｂ「どうぞ」
刑事Ａ「許可が出たぞ、十倉」
主人公（十倉）、手袋を嵌めながら「じゃあ」
主人公（十倉）、手を裂け目に突っ込む。

緊張した顔で見つめる刑事Aと鑑識四名。

「こいつが主人公？」真壁が顔を上げた。「なんて読むの？」

「三人の主人公のうちのひとり……〝とくら〟」

真壁は無言でうなずき、本に目を戻す。

刑事Aと鑑識四名、じっと見ている。

刑事A「！」

鑑識B「なんです、何がありました⁉」

十倉の手には包丁。

鑑識B「血のついた包丁……凶器ですかねえ」

「なんだよ、これ……」真壁の顔は青ざめていた。

「このマンガを読んでたんで、今度のヤマにびっくりしたんだよ……で、ひょっとしてって、車の天井をのぞいてみたら……」

「マンガとそっくりな裂け目があって、中に手を突っ込んでみたくなった……？」

納得したのか、うなずいた。「それが、清田部長の勘てやつか」

鑑識の班長が、ふたりの乗る覆面パトカーの前に立ち、何か指示した。どうやら遺体を収容した車を出すので、早く出てほしいということのようだ。

真壁が車を発進させた。

下り坂のカーブでハンドルを切りながら尋ねてくる。

「そのマンガ、いつ出たんだ」

「第二巻は先月」清田は答えた。「それってもともと、『ライジングサン』ていう週刊のマンガ雑誌に連載したものをまとめたもんなんだ」

「つまり世間の目にふれたのは、もっと前ってことか」

「そう。雑誌的には二月に掲載された話」

「雑誌でか単行本でかわからんが、このマンガに刺激されたアホが模倣したって話？」

「そう考えるのがふつうだけどね……そう単純じゃない」

「ん？」真壁が顔を向けた。

「第一話冒頭で、悪の主人公ダガーって男が一家四人を殺害するんだけど……それが船越さん事件そっくりの描写なんだ。まるで見てきたみたいに……」

「マンガ家の想像力がなせる技？」

「それ以上だね」

清田は単行本第一巻の最後のページを開いた。「想像力だけで、こんなそっくりに再現できるはずがないと思って、いったいこの作家だれよって思ったんだ」

「だれよ？　聞いてもわかんねえと思うけど」

「山城圭吾」

「山城圭吾？」聞いたことのある名前だと気づいたのだろう。上顎を上げた。

「船越一家殺害現場にいた子……事件の通報者」

「どういう意味？」

かなり遅い時間に、ふたりは横浜市に到着した。この時間なら直帰してもよかったが、中区海岸通りにある県警察本部に戻ることにした。終電も終わったいまの時間、さすがの捜査第一課にも大人数はいない。この事案をどう解釈し、なにをすべきか、こっそり話し合うにはもってこいの時間だ。

まず真壁が、問題の既刊二冊を読みたいと言い出した。

自分の机に陣取り、『34』の単行本を手に取った。何度も読み返したせいで、清田はこの作品の構成を完璧に記憶していた。

冒頭は暗闇の中、ダガーと思われる人物が、刃物を手にして殺人現場を見まわしている場面。被害者たちの顔、刺し傷、血の量、テーブルに置かれた料理、食器の柄からステレオまで――仰天するほど船越一家の現場とうりふたつのコマが並ぶ。

同時進行で、高校の同窓会のシーンが描かれる。

ここで再会するのが、水卜一二三、十倉猛、四熊慧の三人。三十四歳の本編の主人公たちだ。

水卜はいまだに自分探しをつづけるフリーター……実は超能力者。十倉は警視庁捜査一課の腕利きの巡査部長。四熊は大学で教鞭を取る歴史民俗学者だ。

三人は最初、当たりさわりのない話をしていたが、好奇心の強い四熊が十倉に問いただす。

四熊「十倉、おまえ、いま世間が大騒ぎしている連続一家虐殺事件の特別捜査本部にいるだろ?」

十倉「おいおい、おれは刑事だぞ。はいそうです、なんて言えっかよ」

四熊「隠すなって！　おれ、おまえさんの上官からアドバイスを頼まれたんだから、部外者ってわけじゃないよ」

十倉「歴史民俗学者のおまえに、なんでアドバイスを!?」

ふたりの間に立つ水卜、無表情で話を聞いている。

四熊「百年前、似たような事件があったんだ……京都で」

十倉「え、大正時代の話？　なんでそんなことを？」
四熊「それとそっくりな事件が、大正時代の百年前……つまり江戸時代に長崎でもあったって言ったらどうする？」
十倉「なんじゃ、それ？」
四熊「上官がおれから聞きたかったのは、歴史上繰り返される一家四人殺人ってのは、どういう社会下、どういう人間が、どういう心境で行ったかってことさ」
ガチャーン！　床に落ちて割れる水卜のグラス。ワインが飛び散る。
はっとして水卜を見る十倉と四熊。
十倉「どうした、水卜⁉」四熊「おい、大丈夫か⁉」
水卜は目をつむり、立ったまま失神しているような状態。
はっと目を覚ます水卜。
四熊「気がついたか？」十倉、携帯を手に「おい、救急車呼ぶか」
水卜「あれは芸術だ……」「犯人は死体をつかって作品を創造している！」
わけがわからず、ぽかんとした顔の十倉と四熊。
そこで突然、十倉の手にした携帯が鳴る。
十倉、携帯を耳につけ「はい、十倉」
十倉「！」

四熊「おい、事件か」十倉、浮かない顔で「あ、ああ」
十倉「じゃあ、また」四熊「捜査一課の刑事さんは大変だなあ」
水卜「あいつ、またやったんだろ？　今度は練馬区か」
十倉「おまえ……たったいま、おれが知った情報をどうして知ってる⁉」
水卜、下を向き「ぼくには……見えるんだ」

「まいったなあ……こんなリアルで預言めいたマンガ」

真壁のつぶやく声で、清田はわれに返った。

「で、清田部長はこれ、どう解釈するよ」

「どうって……」自説を述べても賛同はなかなか得られないだろう。だから口ごもった。

「ところでこのマンガ、売れてんの？」

「売れてますよ」単行本第一巻の最終ページを開いた。「奥付に、ほら」

「奥付？」

「本って最後のページに作家名とか発行者名とか出版社の名前が載ってるじゃない……そこが奥付」説明しながら、そのページを示す。「ここに載ってるでしょ。2021年2月10日　第1刷……下に4月10日　第4刷って」

「こんな陰惨なマンガが売れてるんだ」

「二月に出した本が、二か月で三回増刷されたってことだからね」次に第二巻の奥付ページを開いた。「こっちは先月出て、今月一回増刷がかかってる」

「あの冴えない子がねえ……」

「夢、かなえたんだなってことだけど、あの子にこういう話が描けるかなって疑問もあるよね」自然に首をひねった。「人が変わったんじゃないかってさ」

「で、模倣犯は『34』の愛読者か？　あるいはひょっとして、人間が変貌した山城圭吾本人か？」

「もうひとつ、可能性がある」いよいよ自説を話さなければ、と思った。

「なに？」

「船越家の四人と原家の四人の殺しは、同一人物の仕業……つまり、辺見敦は冤罪」

真壁はすわったまま、背筋を伸ばした。

「だって辺見は自供したんだぞ。おまえも聞いたろ？」

興奮したのだろう。清田は真壁が、自分を〝おまえ〟と呼ぶのをはじめて聞いた。

「犯行の動機もおぼえてない、くわしい殺害方法も記憶にない、猟奇的な儀式の理由も説明できない……班長だって半信半疑だったじゃない？」

だが半信半疑でもしかたなかった。辺見を送検したのは上の判断で、下々の刑事は異議を唱える立場にないのだ。

「もし辺見が無実だったら……」きびしい視線を向けた。「また県警（カイシャ）は、世間から袋だたきに遭う。考えただけでも、ぞっとするな」

清田も無言で同意した。

「で、部長はどうしたい？」

今度のヤマはあくまで2係が担当だ。彼らの所属する3係は、応援でも命じられないかぎり部外者である。『34』のことを報告すれば感謝されるだろうが、捜査対象がマンガの模倣犯に広がるだけで、船越一家殺人事件を再捜査する方向には向かわないだろう。

「……山城圭吾、調べてみたいんだけど」

真壁は両腕を頭のうしろに組んだ。「非番のとき、なにをしようと勝手……もし上に知られたら、おれが適当に話をでっちあげるわ。船越一家の件で、ちょっと疑問があったとかなんとかな」

13 「発明以外のなにものでもない」

山下公園近くの高層マンション最上階に本庄勇人のスタジオがあった。現在も連載中の代表作『オカルトハウザー』は、清田はもちろん、マンガ好きならたいていが知っている。この手のジャンルでは、異例の大ヒットをつづけているからだ。

主人公は、家に憑く霊と対話できる超能力者――よくある設定に思えるが、怪奇エピソード以外に、思わず涙する幽霊と人間の邂逅や別れを重厚に描いた回もあり、それが異色のホラーとして読者の琴線に触れたようだ。

計算されつくしたストイックな作風に、清田は本庄というマンガ家を細身で長身、ハンサムな男のように想像していたが、会ってみると正反対の風体だった。小柄でポッチャリ、メガネをかけた坊主頭。前情報がなければ年齢不詳、職業不詳の怪しげな印象だ。

見晴らしのいい広いスタジオだった。大きな本棚には大量のマンガと資料本。作業机は全部で七つあった。だが、今日机に向かっているのは本庄ひとりだった。

「今日はネームの日なんで、ぼくひとりなんです」

急な訪問を詫びると、本庄は愛想よく答えた。

「ネームってなんですか」

「ああ、絵コンテというかラフというか……まあ、マンガの設計図みたいなもんですよ」大学ノートを開いた。鉛筆をつかいフリーハンドで引いたコマに、ささっと描かれた人物と背景。フキダシのセリフだけはちゃんと書き込まれている。

清田は本題に入った。

「実は、お弟子さんの山城さんが巻き込まれた事件のことで……くわしいことは申し上げられないんですけど、追加の質問がありましてね」あまり突っ込んでくれるなよと願いながら、苦しい言い訳をした。

「山ちゃん、じゃない、山城くんのことですか。はい、どうぞ」

本庄はとりたてて、疑問を持たなかったようだ。

「山城さんって、もうここには？」

「事件のあと一か月後だから……去年の十二月かな？　突然、連載が決まったって言って辞めちゃったんです。うちのチーフより絵がうまいんでね、頼りにしてたから、いきなりでこまりましたよ」自嘲気味に笑った。

「ああ、その時点で『34』の連載が決まってたんですね」

「でしょうねえ……」妙にあいまいな口調だった。「しかしびっくりしました。たしか最初は、『ライジングサン』の増刊だったんです。それが大人気だったんでしょうねえ。年末にいきなり本誌新連載でしょ。それってスター街道ですよ」

「山城さんって、どういう方でした？」

「あー……」なぜか、天井を見上げた。「おとなしくて、なんていうか……とってもいいやつでした。だから、『34』？ ああいうの描けたのは意外でした」

「意外と言いますと？」

「おれ、人見る目ないっていうか、あの子はマンガ家になるのは無理だって思ってたんです……ああいういい人は、なんていうかな、キャラクターがいないっていうか弱いんです。いくら絵がうまくても、それじゃあ無理だ」

「じゃあ、『34』のダガーはどうです？」

「あれですよ」大声になった。「あんな鬼気迫るリアルなキャラクター発明しちゃって、もうびっくりですよ」

「そういうのも、発明って言うんですね」

「あのキャラは、発明以外のなにものでもないでしょう」ますます、声のトーンが上がった。「まるであの作者、ほんとうに人殺したことあるんじゃねえのって、ネットとかに書き込みされちゃって……本人知ってるおれとしては、それは絶対ないっていてね。山ちゃんは、そういうキャラクターじゃないからって」

「そういうキャラクターじゃないですか」復唱した。

山城圭吾の捜査は、秘密裏というか個人的なものだったので、警察の所有するデータで彼の居場所を探し出すことははばかられた。だから清田は『ライジングサン』編集部に連絡し、身分を明かし、堂々と住まいの住所を聞いた。

大村という山城の担当編集者は、住所を教えることを拒みはしなかったが、面会するなら同席させてくれという条件をつけてきた。

それを承諾したため、清田はいま、大村と横須賀線に乗っている。東京の神保町にある『ライジングサン』の版元・日の丸書房本社で会い、いっしょに横浜に戻るのだ。今日は締め切り明けで、山城は単行本の原稿の直しをやっており、比較的時間があるということだった。

「『34』って売れてるんですねえ」中吊り広告を見て、清田が言った。

たまたま乗った車輛に、『週刊ライジングサン』の車内吊りがあった。

コピーはこうだった。〝ライジングサンは毎週木曜日発売！　巻頭カラー　山城圭吾『34』刑事　歴史民俗学者　超能力者――34歳3人のヒーローが不死身の殺人鬼ダガーと戦う戦慄サイコサスペンス‼　単行本累計120万部突破！〟

「まだ二巻しか出てないですよねえ。それで百二十万部超えですか」

「ウチとしては、ひさびさのヒットなんです」大村は苦笑した。「でもぼくと山城さん以外、だれも当たると思ってなかった」

「ヒットの要因て、なんですか」

「やっぱり、キャラクターじゃないですか」

「リアリティのあるキャラクターですか」本庄勇人の言葉が頭に浮かんだ。

「ああいうホラーとかサスペンスが当たりにくいのは、登場人物にリアリティのある作品が少ないからだと思うんですよ」

「どうして少ないんですか」

「ほら、作り手は実際に人を殺したことはないわけですし、殺人事件を見たことすらないじゃないですか。それが読者に伝わっちゃうっていうのかな……どっか登場人物のキャラがウソっぽくなっちゃう」大村は饒舌だった。「まあ、あの人の場合、ほんとうに殺人現場を見ちゃったっていう経験があるから、そこがちがうんだと思うんです」

「山城先生……あの経験で変わりましたか？」

「それはまちがいないです」力強くうなずく。「山城さん、ウチの新人賞取って、ぼくが担当になったんです。絵はうまかったんです……でもね」

「受賞後第一作は出なかった？」

「途中で、この子、無理だなあって思いました」

「キャラクターの問題ですか」

「お、刑事さん、鋭い！」人なつっこい笑みを浮かべる。「キャラが通りいっぺんて言うのかなあ……ないって言うのかなあ。キャラが描けない新人って、絶対伸びないんですよ。山城さんの場合、絵はうまいから原作でもつけようかとも思ったんですけどね。もともとキャラが描けない人は、原作つけても当たんないから」

「それで、『34』って作品は、どういうふうに連載になったんですか」

「まあ正直、山城さんのこと切ってたんですよ。ほかの出版社に行ったらって言っちゃってたし」

あかるい性格のようだが、平気で無神経なことをいう男だ。もしかしたら、マンガ編集者に共通の冷たさかもしれない。

「でも十二月かな？　突然、山城ですって電話があって、新作を描いたから見てほしいって言うんでね。どうせ無理だろうと思って、どう断ろうかと考えたんですけどね。おれも人がいいのかな、じゃあ、わざわざ来なくていいから郵送してくれって言ったんです」

自分の話に興奮するタイプのようだ。熱のこもった口調になっていた。

「そしたら、どさっと分厚い封筒が届いてですね。どうせおもしろくないだろうし、忙しいからイヤだなって思ったんですけどね。イヤなことはさっさとやって、掲載は無理ですって電話しようって前提で原稿を見たわけ」オチを言おうとして、一旦言葉を切った。「そしたら、おもしろくておもしろくて……え、あの山城くんって」

「以前の彼では、考えられないような作品だったんですね」

「われわれの業界では、突然化けたって言うんですけどね。こんだけ編集者やってて、化けた作家をはじめて見ました」

「そこで、即連載ですか」

「最初増刊で読み切りでやって、あんまり評判がいいんで、本誌でやれっていきなり編集長が……」

「あとは見る見るヒットですか」

「ねえ、刑事さん」急に、神妙な口調になった。「ここまでお話ししたんですから、どういう用件で山城さんに会いたいのか教えてくださいよ」

「山城先生って、いい人なんですか？」質問に答えず、聞きたかったことを尋ねた。

「前はね……すごく気をつかうとってもいい人でした」

「いまは、いい人じゃないんですか」

「別に締め切りに遅れることはないし、編集部に変な要求突きつけたりもしませんし、いい人はいい人なんですけどね」首を右ななめにかしげた。「ただ、前みたいな人じゃない。なんか異常にストイックっていうか……描くことに憑かれた人って感じです」

「描くことに憑かれた人ですか……」

電車は横浜駅に到着した。山城の住居は、あと四つ目の西戸塚だ。

「山城さん、なんかやったんですか？」大村は質問を変えて、食い下がった。

「いや、そういうことじゃありません……例の事件のことで、追加の質問があるだけです」

「え、あの事件、まだ捜査中なんですか？」

「まあ、そんなとこです」

うまくはぐらかすことができたようだ。目的の駅に着くまで、それ以上なにも詮索されなかった。

西戸塚は新興のセレブが住むといわれる横浜でも人気のエリアだったが、高層マンション群が建ち並ぶ光景は、清田にはちょっと人工的すぎる。

山城の住まい兼仕事場は、駅の真ん前、ひときわ目を引く高層マンションだった。

驚いたのは、そのマンションがいかに警戒厳重かということだった。山城の住むフロアにたどり着くには、ロビーで一回、エレベーターでもう一回、インターホンを押す必要がある。大村によれば、同じマンションの住民でも、自分の住まい以外の階には行けないシステムらしい。

「山城さんて、結婚とかされてるんですか」エレベーターの中で、清田は尋ねた。

「いえ、おひとりです」

　そうだろうなと、なんとなく思った。

　エレベーターを出て、長い廊下を歩き、山城の部屋に到着した。ロビーから何分かかっただろうか。大村はドアの横のインターホンを押した。つまり訪問まで計三回、自分の名前を名乗らなくてはならないのか、と清田はうんざりした。

「はい」と声がしてから、たっぷり一分後、ドアが開いた。

アシスタントかだれかだろう、玄関に立っていたのは陰気な感じの若い男だった。

「ああ、お疲れさんです」大村が元気な声であいさつし、足を踏み入れた。

男は無表情で、ふたりを招き入れた。その時点でようやく清田は、山城圭吾本人だと気づいた。

　刑事という職業柄、人の顔を忘れない訓練をしている。まして一年も経っていない事件で会った相手に、見おぼえがないなどということはありえない。それほど、山城の面差しは変わっていた。あのいかにも繊細で傷つきやすく、落ち着きのない目つきをした、人のよさそうな青年はどこにもいなかった。そこに立っているのは、大村が言うように、なにかひとつのことに取り憑かれた鬼気迫る形相の人物だった。

「お忙しいのに、すみません」内心の動揺を隠し、軽く頭を下げた。

「いいえ」山城は完全に無表情なまま、うなずいた。

「じゃあ、ちょっと失礼します」大村はなれた感じで靴を脱ぎ、勝手にスリッパを履いた。

招き入れる言葉もなく、山城は廊下を歩いてその先の部屋のドアを開け、姿を消した。

「どうぞ、刑事さんも」

大村が差しだしたスリッパを受け取り、清田も靴を脱いだ。

山城が入って行った部屋は、広いリビングだった。高層マンションの上階らしくドアの反対側は天井から床までの大きな窓。晴れた日には富士山が見えそうだ。

中央には応接用の豪華なソファ。片方の壁には六十インチ以上ある大型4Kテレビ。反対の壁には天井まである造りつけの本棚。まるで生活感のないモデルルームのようだった。

「あ、こっちです」

大村はドアの横の白いらせん階段を指さした。メゾネットタイプのマンションだったのだ。

階段を上ると、そこが山城の仕事場だった。

奥には大きな机。制作用の大型パソコンの前で、山城は黙々と作業に戻っている。来客など眼中にないようだ。

背後の壁には『34』の主人公や登場人物の絵や創作メモなどがベタベタと貼られている。両側の壁は本棚で、マンガ本や資料本、ファイルがぎっしり並び、そこに入りきらない資料は、床にいくつも山積み状態で置かれていた。

リビングに比べて、ここには生活の気配がある。おそらく山城はこの部屋にこもりっきりなのだろう。まさに清田の思うマンガ家の仕事場だったが、なにか違和感があった。答えはすぐに出た。室内があかるすぎるのだ。

「山城さん、刑事さんです……会ったことあるみたいだけど、清田さん」

山城が機械的に顔を上げ、清田を見た。

「神奈川県警の清田です」清田は自己紹介した。「わたしのこと、おぼえてますか?」

「はい……」声も無表情だ。

次の言葉を発さず、山城をあらためて観察した。やはり以前に会った彼とは、人間が変貌したように感じられた。

「おひとりで描かれてるんですね。プロのマンガ家さんには、ほら、本庄先生もそうですけど、何人かアシスタントさんがいるもんだと思ってました」

「いるにはいるんですけどね」その問いには、大村が答えた。「山城さん、デジタルで制作されてるんで、アシスタントも自分の家からデータで送ってくるんです」

「ああ、いまはマンガの現場もそこまで進んだんですね」感心して、ため息をついた。「じゃあよくドラマやマンガなんかにある、編集の人が原稿を取りに行くってシーンもないわけですね」

「全部データで渡すってマンガ家さんのほうが多いですが、山城さんの作品は紙にプリントしたものを完成稿ってしてるんで、わたしは毎回取りに来ます」

「ご用件は……？」山城がふたりの会話に割って入った。かもしだす雰囲気は、とうてい友好的なものとはいえない。

「実はですね……『34』の内容についてうかがいたいんです」

「え？」予想外だったのだろう。大村が素っ頓狂な声をあげた。

「山城先生、ニュースは観(み)ますか？」

「いえ……」

「全然？」

「全然」断言した。

「山城さん、忙しいですから」

取り繕うような大村の声に、清田は少しイラッとした。編集者というより、スポークスマンだ。

「じゃあ、山梨との県境で起こった一家四人の殺人事件もご存じないですね」

「はい」また、断言するような口ぶりだった。

「被害者は、原さんていいますけど……」

「事件自体を知りません」

その口調は、なぜか挑戦的なものに聞こえた。

「そうですかあ」頭を掻き、こまったぞという態度を演じる。背負っていたリュックを降ろし、中を探った。「実は『34』の第二巻なんですけどね……」

付箋のついた単行本を取り出し、問題のページを開いた。

「ちょっと、失礼」山城に近づいた。

机をへだてているが、山城の目の前に本を開いて突き出した。

「『34』にも山中をドライブ中の四人家族が、ダガーって殺人鬼に殺されるシーンがあるでしょ」

「偶然じゃないんですか」

かばう大村を無視した。「ここなんですけどね」

かざしたページは、主人公の刑事が被害者の自動車の天井から血のついた包丁を取り出すシーンだった。

「このシーンがなにか？」はじめて興味を示したような目つきになった。

「これと同じなんです」

　あきらかに、山城の目に驚きの色が浮かんだ。

「え、何がですか」大村もあわてたように、清田の開いたページをのぞき込む。

「マスコミには流してませんけどね……原さんの車の天井からも、血のついた凶器が出てきたんです」

「包丁が？」大村も仰天して叫んだ。それからもう一回、「まじ！」とつぶやいた。

　思った以上に、ことが重大だと気づいたようだ。

　山城は無言のままだった。

「なにか、心当たりはありませんか」ゆっくりした口調で尋ねた。

「ないです」即答だった。

　数秒間、山城の顔を見つめたが、ウソをついているかどうかわからなかった。

「模倣犯だっておっしゃりたいんですか……絶対そうだって言えるんですか」大村が言った。

　立ち直りの早い男だ。それとも編集者とはそういうものなのか。作品を守ろうと、大村は戦闘モードに入っている。

「いいえ、模倣犯かどうかはわかりません」大村のほうに向いた。「ただあまりにも共通点があるんで、お話をうかがいたかったんですよ」

「偶然の可能性もありますよねえ」もはや、清田を敵視している。

「もちろん、その可能性もあります……ただですね」視線を山城に戻す。「ただ、この作品の最初にダガーが起こす殺人……あれもあきらかに、船越さん一家をモデルにしてますよね。現実にあった殺人事件の」

「だって山城さんはクリエイターですよ。ああいう経験をすれば、感化されるのが当然じゃないですか。でもちゃんとダガーの犯罪を悪とし、正義の味方が立ち向かう話なんだから、船越さん一家事件をもてあそんでいるわけじゃありません」

「いえ、非難しているんじゃなくて」あくまで山城に話していることを伝えるため、大村を見ずに答えた。『34』の愛読者とかファンの中に、なんか危なそうな人とかいませんでしたか」

「それなら、ぼくに聞いてください」大村がまたしゃしゃり出た。「山城さんの住所や電話番号はいっさい公開してませんから、ファンのハガキとか電話は全部編集部に来て、担当者のぼくがチェックするんです」

「危ない人はいなかったですか」

「いないです」自信ありげな声が、即座に返ってくる。

「もう一回、山城さんにもお尋ねします。だれか思い当たる人はいませんか」

「いません」

「そうですか」清田は表情をやわらげた。「それと、もうひとつ質問なんですが……」

パソコン画面に顔を戻した山城が、面倒くさそうにまた顔を上げた。

清田は単行本の表紙を指さした。「この悪の主人公のダガーですけどね、モデルはいるんですか」

かすかにだが、山城の顔に動揺が浮かんだ。

だが、返答は早かった。「いません」

「ほんとうに？」顔を露骨にのぞき込んだ。

「あのキャラクターは、ぼくのオリジナルです」

さらに話を引き延ばそうとしたが、山城はそれを読んだようだ。

「もう仕事に戻りたいんですけど」わざとらしく、ため息をついた。

「お邪魔しました」リュックを背負い、おとなしく帰るふりをしてふり返った。

「ちなみにこの車の天井から出てきた包丁……この一家を殺害した凶器なんですか？」

山城と大村が目を合わせた。

大村はこまったような顔になった。

「実はまだ決めてないんです」

「え、決めてないって？　そんなことあるんですか」

大村がまた山城の顔を見た。無言で許可を取ったようだ。

「読者はがっかりでしょうけど、マンガってその場その場でおもしろい引きを考えて、あとで辻褄合わせしたり、伏線の回収をしばらくしないで、読者に気を持たせたりするんです。どっちにしろですよ、この包丁がこの一家を殺した凶器だったら、物語的には全然おもしろくないじゃないですか……だからどうしようかなって、ふたりで頭ひねってるんですよ」

「じゃあ、いいアイデア思いついたときに、その伏線を回収するというか、タネ明かしをやるわけですか」

「そうです。実は次回あたりで、あの伏線も回収しなくちゃって話してたんですけどね」まるで読者への言い訳のようだ。「ちょうど単行本では、四巻目の第一話ですから」

「そういうことですか」確認するように、山城を見た。

「はい」山城がうなずいた。

「ちなみに……」個人的興味から尋ねた。「次にお描きになる原稿は、いつ自分ら読者の目に触れるんですか？」

「ああ……」大村が答えた。「三日前上げた原稿が来週発売のですから、次の原稿は再来週です。だいたいウチの場合、掲載号の十日前が締め切りですから」

「読者として、楽しみにしています」

礼を言い、靴を履きながら確信した。山城圭吾は絶対になにか隠している。犯人を知っているか、共犯の可能性もある。山城の背景を徹底的に洗おう。非番の日だけの捜査なので尾行や行動確認には限界があるが、家族や交友関係は調査できる。

なぜなら、この殺人はまだまだつづくにちがいないからだ。

14　「敵前逃亡してたんだよ」

「このマンガ、やめるべきですか」

清田刑事が帰ったあと、居残った大村に山城は率直な意見を求めた。

「いや、その判断は早いよ」大村はあわてたように言った。刑事が帰ったので、いつもの友だち口調だ。「だって偶然かもしれないって、さっきの刑事さんも言ってたじゃない」

「でも、こんな偶然ありますか」

「確実に模倣犯だってわかったとき、考えましょうよ。こんなにヒットしちゃうと、おれだけの判断じゃどうにもならないし……編集長マターどころか、会社マターになっちゃいますからね。それに山城さん、長くアシスタントやってて苦労したじゃない？　それがやっと連載が決まって、大ヒット目前なんだからさ。いまはやめちゃダメだよ。絶対つづけましょうよ」

説得力があった。というより、山城自身が説得されたかったのだ。船越家で犯人の顔を見たことを警察に黙っていたことで、しばらくのあいだは良心が痛んだ。恐怖から顔は忘れたが、見たことは見たと報告すべきだったと後悔した。

辺見敦が逮捕されたときも、別人に思えて、誤認逮捕ではないかと疑った。だが辺見が全面自供したと知り、逆に自分のほうが犯人の顔を勘ちがいしていたのだと、胸を撫でおろした。見当ちがいの人相を証言していたら、辺見逮捕が遅れた可能性すらあったのだ。

そのときだった。彼の中に、ものすごいキャラクターが生まれたのは！

ダガーと名づけた。ダガーは勝手に動き出し、いつのまにか山城は新作を描き上げていた。

すると運命が、百八十度転換した。運にめぐまれなかった人生は、どこかに消えてしまった。いとも簡単にデビューが決まり、とんとん拍子に連載を依頼され、人気マンガ家になるのはもっとたやすかった。あとには引けなくなっていた。

だからマンガそっくりの殺人事件が起きたと聞かされ、とうとう神さまから天罰を下されたのだと思った。やはりこの数か月は夢だったのだ。自分はしてはいけないことをしてしまったようだ。

そこに大村の言葉だ。ありがたかった。もう少し、もう少しいまの景色を楽しみたかった。そもそも原一家殺人事件は、自分がした情報隠しとは別の事件だ。仮に模倣が事実だったとしても、おれだって一種の被害者じゃないか。

「それで刑事さんが指摘した……天井から出てきた包丁のネタばらし、どうしようか？」

「もうそろそろ、タネ明かししたほうがいいですか？」

「そうだね」大村はうなずいた。「来月出る三巻……あれでは全然触れてないしさ、さっきも言ったように、ちょうど今度締め切りのやつが第四巻の一話目なんで、ここでバラすとかっこいいかも」

「わかりました。今日からネームに入るんで、そういう方向で考えてみます」

「よろしく」

張本(はりもと)警部補、唖然(あぜん)とした顔で「部長、例の車の中に隠されていた凶器なんだがねえ……」

十倉「鑑識から結果が届いたんですね？」
張本「それが、どう解釈していいのか……」
十倉「え……？」

山城は鉛筆を止めた。むしろ、止まったというのが正解だ。

大村が帰ったあとさっそく次のネームに取りかかったが、その先がなにも思いつかない。脳の活動が麻痺（まひ）してしまったかのような感覚だった。

たったひとりの仕事場で、山城は髪の毛を掻きむしった。天井から発見された包丁のオチどころか、今回のストーリーがまるまる浮かばない。どうしたらいい？どうしよう。どうしよう。どうしよう。やっぱりおれには、才能なんかない。

ネームが進まない理由のひとつは、清田という刑事の訪問が引っかかっているからだ。模倣犯ならばまだいい。一番恐れているのは、船越一家殺害の真犯人が辺見ではなく、やはり船越家でささやき、〝パブ13番地〟で手をにぎったピンクの髪の――あの男だった場合だ。殺人鬼は己の欲望の赴くまま、好き放題殺人をつづけていたのだ。

そして原家の自家用車の天井から出て来た刃物は、自分へのメッセージ――いや、船越一家の遺体を前にしたときと同じように、山城をからかっているのかもしれない。

一方で殺人現場で目撃した青年は、自分同様、辺見の犯行後あの家に入ったのであって、悪ふざけをしたあと逃走したのだという説も捨てがたい。拠りどころは辺見の自供だ。極刑になることが確実な罪を、簡単に受け入れる人間などいるはずがない。

〝13番地〟で彼に奇妙なことを言ったピンクの髪の青年も、ただの『オカルトハウザー』ファン、ホラーフリークかもしれない。

落ち着こう。落ち着いて考えよう。ネームは明日いっぱいで完成すれば、締め切りには十分間に合う。

気分転換が必要だ。山城はジャケットをつかんで、外に出た。

テーブルには、山城の好きなカレーライス。大皿にはサラダが山盛りになっていた。

「ほんと圭吾くん、ひさしぶりねえ」母は目を細め、いとおしそうに山城を見た。

「うん……」山城はつっけんどんに言い、スプーンを口に運んだ。

映画でも観ようと外に出たが、結局その気になれず実家に帰ってきてしまった。

いつまでも自立できない自分に、苛立ちと敗北感を感じる。

「こんな忙しくて、食事とかちゃんとしてんのか」父は心底心配そうだ。

「うん……」口の中の豚肉を咀嚼した。

本気で自分を気づかってくれる両親に、やっぱり顔を出してよかったと考え直した。

「しかしすごいよなあ。いまやおまえ、マンガの世界では超有名人だもんなあ。ほんと、おれの目は節穴だったよ」

「人気マンガ家だって調子に乗ってるからなの？　自分をえらい先生だと思ってる？　ウチの都合も聞かないで、いきなり帰ってくるよね」

毒舌はいつものことだが、今日の綾はいつも以上に棘(とげ)がある。

「いいじゃない、家なんだから」母がやんわり、笑顔でおさめた。

「あ……来月の五日、ウチにこないか？」父が言った。

「五日って？」

「土曜日」

「曜日じゃなくて、なにがあるの？」

「綾がさあ……ウチにカレシをさあ」

「うるさい！」

綾はどうやら本気で怒っている。

「どうしたの？」母が真剣に尋ねた。

「おまえがカレシをウチに招くって話を、圭吾にしてなにが悪いんだよ」父も綾の不機嫌に、気分を少々害したようだ。

「ああ、それでおれに来ないかって？」

「圭吾にはさ、来てほしくない」怒りが山城に向けられた。

「なんで、おれがとばっちり受けるんだよ」

「ねえ、聞いていい？」

本気で怒ったときの綾は、相手をいたぶる癖がある。その標的が自分になったのだと理解した。それ以上に、なにを怒っているのか知りたい。

「どんだけヒットしたか知らないけどさあ。夏美を捨ててまであのマンガ、やる価値があったの？」

一瞬、言葉に詰まったが、諭すように言った。「別におれ、捨ててねえよ。いろいろあったんだ……綾がおれを責めるのは誤解だよ」

婚約を解消したのは、たしかに連載が決まった時期だ。だがそれは『34』とは関係ない。第一、夏美のほうから唐突に別れを切り出したからではないか。最初は冗談だと思ったが、彼女は本気だった。そして決意はかたいようだった。だからあえて理由は聞かず、別れることにした。

　実際は山城も、重荷から解放されたような気分でほっとした。連載を前にして、はじめて経験する心地よいプレッシャーだった。それは苦痛と同時に、担当の大村から多大な期待を寄せられていたからだ。反対に結婚は、もう少し先延ばししたいイベントにいつの間にかなっていた。

「いろいろあった？　ちがうよ、あのマンガのせいだよ」だが綾は意見を曲げない。「あたしも『34』はきらい。残酷なだけじゃない。売れなくたって、前に描いてた圭吾のマンガのほうがずっと好きだよ。夏美はあたし以上に、圭吾が変わっちゃったのがわかったんだ」

「ねえ、なんで突然、そんなこと言うの」母がとりなすように尋ねた。

　心を鎮めるためか、綾は大きく呼吸した。

「こないだ、高校時代の子たちとごはん食べたじゃない？」

「あ、先週ね」母がうなずいた。

「そんとき、いつものように、あの子は結婚した、あの子はまだひとり……みたいなウワサ話になったんだ。そこで夏美の話が出たの」

　山城はなぜか緊張した。

「そしたらひとりの子がね。夏美、いまお腹（なか）おっきいよって……秋くらいには生まれるんじゃないのって」

「夏美さん、結婚したのか」父が尋ねた。

山城は一瞬、だれか別の人ができて婚約解消を申し出たのかと考えた。

そうではなかった。

「圭吾以外の別の人と結婚したんならいいよ……けど、ちがうって。未婚の母になる覚悟を決めたようだって」

両親はどちらも、しばらく綾がなにを言いたいのかわからなかったようだ。だが山城は瞬時に悟った。

「それって……」口ごもった。「ほんとか、綾」

「こんなウソ、言うわけないじゃん」怒りに火を注いだようだ。「あの子、勤めた家具屋も辞めて、実家に戻ってるって」

この時点で両親は綾の怒りの原因を理解し、おろおろしはじめた。

「わかったよ」山城は立ち上がった。「明日、おれ、自分でたしかめてみる」

いたたまれなくなった。「じゃあ、ごちそうさま」とだけ言い、帰り支度をはじめた。

「泊まっていかないのか」父がマヌケな質問をした。

「まだ仕事があるから……実はなんにも思いつかないんで、仕事場から敵前逃亡してたんだよ」帰る言い訳だったが、ほんとうの話でもある。

玄関で靴を履いた。明日、夏美にどうやって連絡を取ろうか、それぱかり考えていた。

「そうそう……知り合いかな。あんたに封筒が来てたよ」

わざとのんびりと言った母の声でふり向いた。

「それとも、ファンかなあ」手には、A3サイズの封筒があった。

「なんて人？」

母は封筒の差出人名を見た。「原五月さん……」

「知らない人だなあ」封筒を受け取りながら言った。「編集部はおれの住所公開してないし、ファンレターってことはないと思うけど……たまぁに実家とかの住所を突き止める人がいるって聞いたことあるしね」

封筒をカバンに入れて、母を見た。

「じゃあ、またね」

「うん、また来ます」無理に笑った。

「じゃあな」廊下の奥から、父が顔を出した。

綾の姿はなかった。夏美のことで、まだ怒っているのだ。

話は半信半疑だが、万が一事実なら、なんらかの責任を取らなくてはならない。

どうか根も葉もないウワサ話であってくれ、そして夏美の腹に、おれの子がいないでくれ……。

山城はドアノブをまわした。

15 「もしかしておれ、見当はずれ？」

門横のネームプレートを見て、清田はつぶやいた。

「仲のいい四人家族か」

マンションから出て来た山城を、ずっと尾行していたのだ。前の通りでタクシーを停めたので、清田もあわてて後続のタクシーに乗り込んだ。どこに行くのだろうか？　もし共犯なら、ホンボシに会いに行くのかもしれない。

期待に反して目的地は、横浜橋商店街の南側の坂の途中にある家だった。インターホンも押さず門を開け、ずかずか中に入って行く。すぐわかった。ここは山城の実家だ。

二階建ての、さほど大きくない建売住宅だった。手入れの行き届いた花壇。小さな幸せを感じる家だ。

「もしかしておれ、見当はずれ？」またひとりごとを言った。

山城圭吾は両親の愛情のもと、大切に育てられた子のようだ。そういう人間は、なかなか犯罪に手を染めない。なにか隠しているという疑惑は、的はずれ、勘ちがいだったのかもしれない。もし自分が、山城のような家庭で育ったらどうなっていただろうか。はたして警察官になることを選んだか。それはわからない。ただ、これだけは言える。少なくともひとつくらい、少年時代のあたたかい思い出があったはずだ。

父親の顔を思い浮かべたとき、突然玄関のドアが開き、山城圭吾が現れた。門の前に立つ自分は、あきらかに不審人物だろう。あわてて、坂道を上る通勤帰りのサラリーマンのふりをした。数歩歩いてからふり向くと、山城の遠ざかる背中が見えた。速足で坂を下って行く。

間一髪、バレなかったようだ。山城圭吾は、自分が思っていたキャラクターとはちがう。作戦変更が必要かもしれないが、とりあえず行確を再開した。

坂道を下った山城は、横浜橋商店街を突っ切り、大通り公園沿いに伊勢佐木町方面に向かって歩みを進める。

横浜市主要地方道80号をわたって左折。伊勢佐木町通りの一本手前の路地に入っていった。おそらく馴染みの飲み屋でもあるのだろう。

勘は当たった。山城は〝パブ13番地〟という看板の店のドアを開け、入って行った。

清田は店の前に立ち、外で待つか中に入るか逡巡した。行確は休みのときしかできないので、限界がある。山城が自分の想像とちがい、仲のいい家族がおり、必ずしも人との接触を断つタイプではないことがわかった。やはりここは作戦を変えて、もっと山城に近づくべきではないのか。

思い切ってドアを開けた。

手前にカウンター。お客はひとりだけ――山城だった。店の主人らしき男が清田を見て、「いらっしゃいませ」とあいさつした。

カウンターに近づきながら、意外に広い店だなと思った。奥にはテーブルが並び、中央にダンスでもできそうなスペース。その向こうにはカラオケの機械。昭和のころの路地裏にありそうな店で、よく生き残ったものだと感心した。

カウンターの前で、見え見えの芝居を打つ。

「あれぇ？　山城さんじゃないですか」

山城がふり向いた。少し面倒くさそうな表情だ。

「偶然ですね」満面の笑みで見おろした。

「偶然……？」山城は言った。「おれ、尾行されてたんですか」

「まっさかあ」しらじらしく否定して、隣の席にすわった。「あ、自分もビールください」

ビールをごくんごくんと飲み、静かにジョッキを置くと、山城は清田を見た。

「おれ、ほんとになんにも知らないですよ」

「いまは勤務外だから、その話はいいです」ジョッキが来たので、「じゃあ、よろしく」と掲げてみたが、山城は乾杯する気がないようだった。

ビールをふた口飲み、清田は言った。「しかし山城さんはすごいよね。マンガを当てるって大変なんでしょ」

「運がいいだけです」

「運だけじゃないでしょう。才能というか実力がないと」返事がないので、勝手に話しつづけた。「山城さん、むかしっからマンガが好きなの？」

「はい」

清田は自分もマンガ好きなのを隠して尋ねた。「マンガの、どういうところが好きなの」

「主人公はいっつも、負け側からはじまるんです。弱いやつ、貧乏なやつ、勉強ができないやつ、運動ができないやつ、モテないやつ……」静かだが、熱い話しぶりだ。「そういうやつらが努力するんです。そうすると奇跡が起こる」

「なるほど」同意したとわかってもらうため、大きくうなずく。「でも、『34』はどうなんです？　自分みたいな仕事の人間には、率直に楽しめない作品だからきびしいのかなあ」

「刑事さんにとって、不愉快な作品ですか？」山城は清田に顔を向けた。真剣な表情だった。

「山城さんの描く殺人者の心理には興味あるけどさ……殺される側や遺族側がどう思うかは、あまり描写してないよね」

「そうですね」簡単に認めて、ビールを飲んだ。

「自分ら警察官はさ、遺族とも会うし、そういう人の悲しみにふれちゃうでしょ。そうすると、山城さんの殺人シーンはリアルすぎるんだよな」

無言なので、話をつづけた。「殺人事件ていうのはね、殺された側のご遺族には終わりがないんだ。ずっとずっと犠牲者のことを考え、生きているかぎり引きずっていく……あのときああすればよかった、あんなことを言わなければよかった、とかね」

「おれの作品……正義が勝ってもダメですか？　マンガの一番いいとこは、最後に悪が滅んで正義が勝つ点です」

清田は興味を持って尋ねた。「え、『34』って最後、いい側の三人が勝つの？」

山城はジョッキを置いて、横目で見た。「逆に……ダガーが勝つと思ってたんですか？」

「うん……だって、あの殺人鬼、かっこよすぎるじゃない。山城さんは三人の主人公より、ダガーのほうに愛着があると思ってたから」

「なるほど……読者はそういうふうに見てるのか」小声でつぶやいた。

「あ、そうだ」名刺を出し、山城の前に置いた。「なにかあったら、ここに連絡くれる？　携帯の番号も書いてあるから」

「はあ……」戸惑ったような顔で、名刺をつかんだ。

清田はポケットから携帯を出した。「山城さんのスマホの番号も教えてくれない？大村さんにいちいち電話するのも悪いからさあ」

一瞬、ためらったようだが、相手が刑事ということで、しぶしぶスマホを取り出した。

「その名刺の携帯番号に電話してよ」半ば強引に言い、携帯の画面を見つめた。

山城は名刺を見て、番号を押した。

「ありがと」すぐに着信した。

その画面に、何度も不在着信の知らせが入っていることに気づいた。真壁からだった。

「あ、ちょっと失礼」携帯を掲げ、席を立った。

あわてて店の外に出る。

「もしもし、真壁班長？　すみません、着信に気づかなくて」

「部長、いまどこよ？　外みたいだけど……」

繁華街の雑音が、ばっちり入っているようだ。

「え、プライベートですから、ノーコメント」

電話の向こうから、笑い声が聞こえた。

「デートみたいなふりして、絶対デートじゃねえだろ？　インドア派の部長が外出てるってことは、山城の調査か」

「ですから、ノーコメント」

向かいの居酒屋から出て来た酔っぱらいサラリーマンたちの笑い声がうるさかったので、路地を抜け、大通りのほうに出た。

「舟木中隊長にさ、内々に『34』の話をして、読んでもらったんだ。こっちが思う以上に驚いてたよ。うまく代理に話すって言ってたから、ひょっとするとプライベートじゃなく、公務で山城を調べられるぞ」

「実はいま、山城さんと飲んでるんだよ」正直に打ち明けることにした。「腹割って話すと、意外と純粋でいいやつだった」

「えーー！」真壁が叫んだ。「そりゃ、まずいよ」

16 「〝13番地〟にいるの？」

山城も同じことを考えていた。自分が疑われ、監視されていることはわかっていたが、こうしてマンガ談義を交わすかぎり、清田という刑事はイヤな人間ではない。そればかりかうまくつき合えば、『34』の主人公の刑事、十倉猛のキャラクターに厚みを持たせられるかもしれない。

「どう、忙しい？」ひとりになった山城に、マスターが声をかけてきた。

「ええ……まあ」

「しかしもう圭吾くん、なんて呼べないね……山城先生？」

「やめてくださいよ」苦笑いで返した。

「今日は実家から？　全然来ないって、おとうさんウチでグチってたよ」

「だからさっき、顔出して来ました」

「けど、締め切りとかあるんでしょ？　大変だあ……」頼んでもいないのに、新しいビールを置き、いままでのジョッキを引っ込めた。

締め切りという言葉で、山城は自分がネーム作業から逃亡中であることを思い出した。ひらき直ったつもりだったが、それができない。天井で発見された包丁について、いいアイデアは出てきそうになかった。

消音モードにしていたスマホが振動した。

「はい？」だれかたしかめず、応答してしまった。

「先生、〝13番地〟にいるの？」

「もしもし？」以前、聞いたことがある声だ。

「隣にいた人は刑事？」

「だれだ、あんた」もう答えはわかっていた。手がふるえた。

「前、その店で偶然会った両角です」

「両角……」なぜか復唱している。

「もう二巻の車ン中の殺人……ぼくが実現しといたのは知ってますよね」

「なんの話だ？」知っていたが、認めたくなかった。

「またまたあ、とぼけちゃって……だけど先生、あの車の天井から見つかった刃物
……どうするか決めずに描いちゃったでしょ」

ギクリとした。両角という男は、おれの心が読めるのだろうか？

「それでぼくですねえ、いいアイデア思いついちゃったんですよ」よく通る声。

「聞いてくれます？」

断るべきだと、頭ではわかっていた。だが、できなかった。そしていつのまにか、

耳をかたむけていた。無視するには、あまりにもおもしろいアイデアだったからだ。

第三章

心臓が破裂しそうだ。
息ができない。
足も動かない。
もう無理だ。立ち止まった。
その瞬間、背後の足音も止まった。ものすごく鮮明な音だった。
距離がひどくちぢまったのだ。
恐怖で身体中の血管が膨張した。いまにも弾けそうだ。
だが生きていた。
そうだ、恐怖を克服し、冷静にならなければいけない。
おそるおそる、ふり向く。
ごく近くに、影男がいた。
前よりももっとよく……顔の表情までわかった。
笑っているようだ。
意外な思いにかられた。
もしかしたら、影男のほうが自由なのかもしれない。

17　「実はわたし、読んでないんです」

マル対にあまり近づきすぎるな――真壁班長の説教は、およそ十分間つづいた。
そのあいだ清田は、気が気ではなかった。せっかく山城が心を開きかけているのだ。
早く店に戻らなければ……。
あわてて店のドアを開けると、いつのまにか店内は混んでいた。カウンターにも
三人のお客がすわっている。だが、山城の姿はない。
「あれ？　山城さんは」マスターに尋ねた。
「ちょっと前に、お帰りになりましたよ。なんか急用ができたみたい」
「急用……？」チャンスを逸したことより、その急用が気になった。「じゃあ、お
れも帰ります。お会計お願いします」椅子に置いてあったリュックを取った。
「山城さんが、お客さんの分もはらっていかれましたよ」
「まずいなあ……おれ、公務員なのに」リュックを背負った。「このお店、山城さ
ん、しょっちゅう来るんですか？」
「いや、むかしはね……それこそアシスタントのころはね、親父（おやじ）さんとかカノジョ
なんかとよく来てくれたけどね。売れっ子になってからははじめて……」店長はカ

ウンターのお客にハイボールを出した。ビールと同じようにジョッキに入っていた。

「カノジョ？」

「あれ」マスターは首をかしげた。「最後に来てくれたときかな、婚約したって言ってたから……いまは奥さん？」

山城の自宅兼仕事場を頭の中で再現した。やたら広いマンションだったが、女性の気配はなかった。大村も、山城は独身だと言っていた。

思いをめぐらしているあいだ、視線が泳いだ。マスターの背後の壁に貼ってあるコースターに目が止まった。一目瞭然、山城圭吾のタッチだった。

描かれているのは、ダガーの横顔……？

「あれ、山城さんが描いたものですか」コースターを指さした。

「ああ、これ？」マスターはうしろをちらっと見て、顔を戻した。「そうです」

「ダガーですよね」

「え……ダガーって？」

「山城さんがいま連載中の、『34』のキャラクターです」

「実はわたし、読んでないんです」照れたように笑った。「でもこの人、なんか山城さんの隣にいた人みたいですよ……いまいた人、よく店に来るのって聞いてきたから」

興奮を隠して尋ねた。「それで、よく来る方なんですか、その人？」

「いえ、ほかのお客さんと話してて、だれが山城さんの隣にいたかも知らなかったくらいで……」

「お会計のとき、顔、見なかったんですか」

「あの日は、ベテランのアルバイトがいたから……お会計も、わたしはしてなかったんじゃないかな」

清田は、壁のコースターをもう一度見た。

ダガーにはモデルがいるのか……？　あるいは実在するのかもしれない。

おぞましい空想に、寒気が走った。

18　「圭吾が怖くなったの」

水卜一二三が次に観るヴィジョンは？　十倉猛がなにに怒りどこに向かうか、四熊慧がどんなことに興味を持ち、なにを語るか——主人公三人の動きや考えか、山城は手に取るようにわかった。そして作者にとっても一番謎めいた存在——ダガーがなにをくわだて、三人にどういう罠(わな)を仕かけるか、答えは完全に見えていた。

悩むことがなかった。鉛筆を持つ手が勝手に、まるで霊が降りて来たかのように動く。彼らはもはや、山城に乗り移っている。もう彼らキャラクターを制御できない。その必要がない。なぜなら彼らは生きているからだ。

こんなに楽しいのは、いつ以来だろう。山城はあっという間にネームを完成させた。読み返しながら、自然とほくそ笑む。自動車の天井から出て来た刃物は、いったいなんだったのか？　こんな読者の度肝を抜く衝撃的なタネ明かしがあるだろうか。すごい傑作を、おれはものにしてしまった。

椅子から立ち上がり、伸びをする。ごく短時間で描き上げたと思っていたが、カーテンの隙間から見える空は白んでいた。時計を見ると、明け方だ。

心地よい疲労を感じた。しかし眠気は感じられない。

ネームをパソコンに取り込み、大村のアドレスに送信したあと、ふと、だれかに言った言葉を思い出した。

「ある有名な先生が言ってた。自分のキャラクターが勝手に動き出すらしい……紙の上の登場人物が作家を操るようになる」

夏美に言った言葉だ。あと先を考えず、夏美にプロポーズする前の日だ。

現実が戻ってきた。

綾が言うように、ほんとうに夏美はお腹(なか)におれの子を宿しているのか？

それを知りながら、彼女が別れを切り出していたのなら……いったい、なぜだろう。どうして彼女はそんな決断を下したのか。夏美はたったひとりで、おれたちの子を育てていく覚悟だったのだろうか？

あんなに仲がよかったのに、なんで別れてしまったのか。別れは夏美が一方的に切り出したのだが、その理由すら尋ねなかったおれは、いったいなんなんだ。それほど新連載を当てることに夢中だったわけだが、いま思えば理由にもならない。


「悪魔になんか魂売っちゃダメだよ」


夏美の言葉を思い出す。

夏美の顔も思い出す。


自分の叫び声を聞いて、目を開けた。

またあの奇妙な夢だ。またうなされていた。

椅子に腰かけたまま、眠っていたのだ。

時計を見た。午前九時半。四時間くらい眠っていたようだ。

シャワーを浴び、軽い食事を取ると頭がすっきりした。

さあ、夏美に電話をするぞ！　自分に気合を入れた。

しかし肝心のことを、どう切り出せばいい？　あれこれ考えたがいい答えが出ない。いまどうしてるのとか、まずは電話の理由をでっちあげようかと思ったが、見え見えでしらじらしい。世間話が苦手なのだから、いきなり本題に入るしかない。

電話を入れたのは、午後一時を過ぎたときだった。

どぎまぎして応答を待ったが、夏美は出なかった。

三回つづけてかけてみたが空ぶりだった。拍子抜けした。

少し時間が経ってからかけ直すべきだったが、気持ちがつづきそうにない。それにもしかしたら、山城の電話には出ないつもりかもしれない。

思い切って、夏美の家に電話をかけた。

彼女の両親とは婚約期間中何度か会ったが、父親はサラリーマン、母親は専業主婦で、どちらも穏やかできちんとした人だった。そうはいっても娘を捨てた男だ。それも孕(はら)ませたうえでかもしれないのだ……。罵倒かイヤミは覚悟していた。

ところが電話に出た母親はむしろ恐縮して、謝罪の言葉まで述べた。どうやら娘のほうが、一方的に婚約を解消したのを知っているらしい。

「娘さんと話をしたいのですが」と言うと、夏美は近所のアパートでひとり暮らしをしています、という答えが返ってきた。

おそるおそる妊娠しているかどうか尋ねると、母親は事実であることを認めた。昨日まで知らなかったと告げると、夏美側の理由を語った。

「自分のほうから婚約を解消したわけですから、別れたあと、妊娠がわかりましたなんていまさら言えなかったんです。わたしとしては、圭吾さんが認知してくれればいいなって思ってましたけど……夏美は頑固で意地っ張りな子ですから、自分からはなかなか頼めないみたいで」

角田(かくた)産婦人科は大岡川をわたった先、住宅街の中にある。四階建ての白いビルもピンク色の文字の看板も少々薄汚れており、正面の小さな駐車場には一台の車も停まっていなかった。あまり流行(はや)っているふうには見えない。

母親が電話で教えてくれたとおり、しばらく待っていると夏美が出てきた。思ったよりお腹は目立っていない。

「夏美」

夏美が目を上げた。山城の姿を見て、驚いているようだ。

山城は、バスで帰るという夏美といっしょに歩いた。

思い切って尋ねた。

「お腹の子、どうなの」

「順調……」山城を見上げた。「どうして、ここわかった？」

「おかあさんから聞いたら、アパートと病院の住所を教えてくれた。この時間に行けば会えるって」

「こんなお腹じゃ近所の目もうるさいし、アパートに移ったの」目を逸らした。

「今日はなんで会いに来たの？」

「おれの子なんだろ」

夏美は答えない。

「なあ、認知くらいさせてくれよ。おれがきらいになっても、子どもの幸福は関係ないだろ」

また山城の顔を見た。なぜかびっくりしたような顔だ。

旧鎌倉通り沿いのバス停で、ベンチにすわって話をつづけた。

「認知のこと……なかなか頼めなくて」言葉を切って、頭を下げた。「ありがとう」

「おれ、断ると思ってたのか」

夏美は答えず、通り過ぎる車を目で追っている。

なにか言わなくてはと考えていると、「圭吾くん……忙しいの？」と、尋ねてきた。

「うん」

「よかったね。圭吾くん、夢がかなって……あのマンガ、すごぉく人気があるの知ってるよ」

夏美に顔を向けた。

「ねえ……なんで別れようって言ったの？　おれのなにが悪かったの？　なにかきみを傷つけたの？　いままでその理由を聞くのが怖かったけど、やっぱり知らないといけないよな」

夏美は答えるのに、たっぷり十秒間沈黙した。小さくため息をついてから口を開く。

「圭吾が怖くなったの」

「怖い？」

「あのころ、ちょうど持ち込んだマンガが褒められて、とんとん拍子に連載が決まったでしょ。圭吾、すっごくうれしそうだったし、毎日、自分と自分のマンガの話しかしなくなった」

耳が痛い話だった。

「でもそれはね、あたしもうれしかったの……ほんとだよ」なつかしい笑顔が戻った。だがそれは一瞬で、すぐに表情がくもる。「でもね、圭吾が画稿にペン入れしているとき、あなたの顔を見て怖くなった」

「怖いって？」さっきと同じ質問をした。

「圭吾はとっても楽しそうに、人を切り刻む殺人鬼を描いていた。うれしそうに笑いながら、血の雫(しずく)を描いていた。完成しつつある絵は相変わらずとっても上手だったけど、前よりずっとリアルだった」小声になった。「まるで本物の、殺戮シーンみたいだった」

山城は憑かれたように話す夏美を、ただただ見つめていた。

「そのとき、ふと思ったの」無意識にお腹をさすった。「あの船越さんの事件、犯人はあなたなんじゃないかって……ごめんね、変なこと思っちゃって」

「いや、いいよ」

「それにね、圭吾くんの部屋に泊まった翌日の朝ね」言いにくそうに、口をつぐんだ。

「なに？　言ってよ」背中を押すように言った。

「圭吾くん、必ずすごぉくうなされてたけど、あるときね、うなされたあとで、変な声で笑い出したの」

「笑った？」

「絶対なんか怖い夢を見てたんだと思う。だから毎回、うなされてた……それって自然なことじゃない？　でもあるときから圭吾くん、それを楽しむようになったんだと思う」

山城はそれ以上、説明を求めなかった。求めなくてもわかった。夏美は自分の中にダガーを見ていたのだ。もしかしたらもっとリアルな、あの両角と名乗る男を感じていたのかもしれない。

山城は勇気を出して尋ねた。「おれたちって……もう、もとには戻れないのかなあ」

返事を待っているあいだに、上大岡方面からバスが近づいた。

「じゃあ……」夏美が立ち上がった。

バスが停車した。

山城は夏美のうしろに立った。

バスのドアがゆっくり開く。

夏美がぎこちない笑顔でふり向いた。「認知してくれてありがとう……また、連絡します」

「やっぱりダメ？」もう一回、聞いた。

入り口に足を乗せて、夏美が言った。「いまが幸せでしょ……圭吾はマンガを選んだんだから、あたしが入り込む隙間はないよ」

ドアが閉まった。

山城は確信した。もう、やり直すことはできない。だって、悪魔に魂を売って夢をかなえたおれは、あと戻りができないのだから。

19 「班長、お話があります」

山城圭吾とパブで話をしてから、およそ二週間が経つ。

一週間前、清田は真壁班長から、『34』の内容が、原一家の殺人事件と酷似していることを舟木中隊長経由で代理に報告したと聞いた。しかしいまだに上から、合同捜査要請のお達しはない。

西相模原署に設置された特別捜査本部は、2係と5係を中心に捜査を行っているが、いまだに怨恨と流し、両方のセンで捜査を進めている。

犯人像をつかんでいないという証拠だ。

清田が所属する3係は、今夜ようやく、横浜市内で多発したコンビニ強盗の被疑者逮捕に成功した。送検にはそれほど手間がかからないだろう。いまなら新しい案件を割りふられる可能性は少なく、原一家事件を応援できる態勢にある。

登庁した清田は自分の机で、今日発売の『ライジングサン』を開いた。この回の

『34』は、あの仕事場で山城と大村が話していた内容のはずだ。

伏線の回収──天井から発見された刃物は、いったいなんだったのか？

あくまで捜査の一環と自分に言い聞かせているが、少々わくわくして『34』のページを開いた。

ずばり、伏線回収の回のようだ。張本という十倉の上官が、鑑識の報告書を読んでいる。内容を読み、愕然（がくぜん）としている顔が描かれていた。

清田は読み進めた。

いよいよ、肝心のページに差しかかった。

張本、啞然とした顔で「十倉、例の車の中に隠されていた凶器なんだがなあ……」
十倉「鑑識から結果が届いたんですね？」
張本「それが、どう解釈していいのか……」
十倉「え……？」
張本「あれは、車の中で殺された家族を殺した凶器ではなかったんだ」
十倉「じゃあ、なんだったんですか⁉」
張本が十倉に耳打ち。十倉「！」

次の大ゴマで、十倉が叫んだ。

フキダシのセリフを読んで、清田は驚愕した。きっと登場人物の張本と同じ顔つきだったのだろう。隣の席の石原がからかうように声をかけて来た。

「清田、若いねえ。まだマンガに夢中になれて……今度のヤマが一段落したからって、さぼっちゃまずいよ」

清田は無理に笑顔になった。「ちがうちがう。捜査資料を読み込んでるだけ」

「またまたあ」あくまで、清田の話を信じていない。「それで、どんなマンガ？　なんかすっげぇびっくりしたような顔してたじゃん」

向こうに真壁班長の姿が見えた。

「あ、ちょっとごめん」話を中断して、立ち上がった。

『ライジングサン』を持ったまま近づく。真壁がなんとなく、浮かない表情なのがわかった。いやな予感がする。

「班長、お話があります」

「おお、なに？」

そのぎこちない表情で、自分の勘が当たったのだと確信した。

「原さん一家の車の中から見つかった包丁……2係からなんか言ってきました？」

「ああ、あれか……えーと」

なにか隠そうとしている。前から思っていたが、真壁班長はウソがヘタだ。

「ねえ、すっごく意外な結果が出たんじゃないの？」

わざとからかうように言うと、真壁の顔が赤くなった。

「おまえ、なにか知ってるのか」

生涯二度目の、真壁班長からの〝おまえ〟呼ばわりだ。

「たぶん……」

「たぶんって、なんだよ」清田の手を引っ張った。だれも聞いていない場所に移動しようという意味だ。

捜査第一課の大部屋を出て、廊下の隅の自動販売機の前に行った。さいわい人はいない。

「どっから聞いた」ドスの利いた小声が尋ねる。

「どっからって、なに？」

真壁は根負けしたようだ。ため息をついた。

「わかったよ」苦笑いを浮かべた。「昨日、奥村代理から呼び出しを受けてさ。おまえらが原一家の車の天井から見つけた包丁のことで話があるって……」

「ああ、そういえば張り込みの最中、班長、本部に戻りましたよね」

「ふつうなら2係の中隊長が言ってくるだろ？　妙だなって思ったんだ」

「鑑識がとんでもない報告書、上げて来たんでしょう」

「やっぱ、知ってるのか？」

「あの包丁、原さん一家殺害の凶器じゃなくて、おれらのヤマ……船越さん一家の殺しに用いた凶器だったんじゃないすか」

「これ、チョー極秘にって代理からお達しがあった件だぜ。だれから漏れたんだよ」怖い顔だ。

「だれからも聞いてないって」清田は『ライジングサン』を真壁の前に突き出した。「今日出た『34』からだよ」

真壁の顔色が変わった。清田が開いたページを、食い入るように見つめた。

主人公のひとり、十倉巡査部長が叫んでいた。

十倉「あの包丁、ダガーが最初の一家殺しで使用した凶器だって⁉」

「どういうことだよ」真壁の顔がキスができる距離くらいに迫った。「鑑識が気づいたのは、ほんの三日前だぞ」

「どうって、知らないよ。このマンガを山城圭吾が完成させたのは、十日くらい前だからね」首をふった。「それより『34』と原一家殺しの共通点、代理に報告してくれたんだよね。奥村代理、なんて言ってた？」

「ああ、代理も特別捜査本部も、かなり関心を持ったんだがな。山城圭吾を被疑者のひとりとしてマークするには、あとひとつなにかほしいって意見だった」

「じゃあ、これで決まりじゃん」

「部長は山城がホンボシだと思うのか？」

「どうすかねえ」首をかしげた。「ホンボシから情報をもらっている……最悪は共犯者。主犯だとは思えないけどね」

「ま、どっちにせよこの件、当分のあいだはチョー極秘だ」

「理由は、辺見敦かよ？」

原一家の殺害は今年の五月はじめ。船越一家事件は去年の十一月だ。辺見は翌月に身柄を拘束されたのだから、船越家の四人に使用した凶器を原一家の車に隠せるはずがないのだ。となると、船越一家殺害の犯人であることも疑わしくなる。

「だけどな、上はあくまで辺見がホンボシだと考えている」

「つまり辺見には共犯がいて、辺見から預かった凶器を原一家の車の天井に隠した？」

「……って、スジ読みで捜査を進めたいみたいだな」

「辺見は無実って可能性のが、高いんじゃないの？」

「そうなると、県警は地獄に落ちるな」真壁は苦笑した。

「まあ何度も落ちてるから、みんななれっこになってるんじゃない?」清田のほうは、自虐的な笑みだ。

「というわけでだなあ」それがどうやら、本題らしい。「舟木中隊のおれの班だけがさ、原一家殺人事件の捜査本部に出向になったぞ。遊軍あつかいだけどな」

おそらく真壁が、奥村代理と舟木中隊長に直訴したのだろう。チョー極秘を守るためには、自分らだけでも捜査に加えたほうが得策だと。

「遊軍てことは、山城圭吾を行確できるわけ?」

「そういうことだ」

20

「ブスッ! ブスッ! ブスッ! グサッ! グサッ! グサッ!」


「ブスッ! ブスッ! ブスッ! グサッ! グサッ! グサッ!」

気がつくと、声を出して擬音を読んでいた。

今回はダガーの殺戮場面が中心だ。いつにもまして、楽しいしおもしろい。苦痛にゆがむ犠牲者の顔ならお手のものだ。

舞台は郊外の一軒屋。父親と母親、高校生の兄と小学生の妹。

いつもならダガーは、一家のひとりひとりを一か月にわたってストーキングし、すべて把握してから犯行におよぶ。しかし今回は行き当たりばったり、通りがかりの家の四人家族をいきなり襲うという設定だ。

ダガーの犯行パターンに当て嵌まらないので、主人公三人はきっと頭を悩ますだろう。特にヴィジョンを観る水卜には深刻な事態だ。今回は、なにも予知できないのだから……。

作品のスタート当時は水卜、十倉、四熊——〝34〟チームの側に立ってストーリーを組み立てていた。だがいまは、ダガーが乗り移っているようだ。ダガーの側に立った結果、ネームも絵も納得のいく回が多く、読者の支持も厚い。

作業机に置いたスマートホンが鳴った。

手を止めるのは勢いを削ぐようで、とても不愉快だ。どうせ担当の大村さんだろう。たいていは、たいした用件ではない。

携帯を手に取り、画面も見ないで不機嫌な声で応答した。「はい？」

「先生、あの伏線うまくいったでしょ？」

よく通る声。あの男だった。

「あ、両角です。いっしょにやってるんだからさ、読者の声とか届いてたら聞きたいって思って」

完全な友だち口調だ。両角の中では、自分との距離がちぢまっているのだ。余計に恐怖をおぼえた。

「あの……おれは読者の感想とかファンレターとか見ないほうだから、反響があったかなかったかなんてわからない」

パソコン画面上の絵に視線を向けた。楽しい楽しいお絵描きの時間は霧消した。そこにあるのは、目を覆いたくなるような残酷画だった。

「そうなんだ」舌打ちが聞こえた。「ネットなんかでは評判いいし、山城圭吾は天才だとか、神降臨だとか騒がれてんのに、肝心の先生は知らないんだ」

数秒、間を置いて答えた。「ああ……はい」

「それと最近さあ、あのマヌケな三人ばっか出て来て、ダガーの出番が少なくない？　特にブシュッグサッグエッっていうさあ、人殺しのシーンが少なくない？」

「そんなことないよ……いま描いてるのもダガーのシーンだし、最近じゃダガーが主役の回が多くなってるじゃない」なにを言い訳してるんだ、と自分で自分を不甲斐なく思った。

「なら、もっと増やせよ」

声には激しい怒りの感情がこもっていた。両角の破壊的な本性を見たような気がした。

「じゃあ、考えてみるよ……」スマホを持つ手がふるえて止まらない。やっぱりおれは、ダガーではない。

「ぼくはね、ほんとは引退するはずだったんだよ。でも、先生のせいで呼び戻された。だから最後まで責任取ってくれないと」

「なんの話だ？」

「たまにはさ、家に届いたりするファンレターに目を通してよ」ククク……と、嘲笑うような声。「ぼくも最後までつき合うから」

電話が一方的に切れた。

しばらくのあいだ、思考が停止していた。

われに返り、ロボットのように入力ペンを取った。

ペンタブレットに線を入れようとして、ネームを確認した。

ダガーが少女の胸に包丁を突き刺し、絶命させる場面だった。

ペンを動かそうとしたが、どうしても動かない。

理由はわかっていた。両角と話したことで、ダガーの視点で見るファンタジーが、おぞましい現実として把握されたからだ。画面上のマンガは、マンガとはいえ陰惨すぎる。こんないたいけな少女の命を奪って、なにがおもしろいのだろうか。

電話が切れる直前の、両角の言葉を思い出した――「ほんとは引退するはずだったんだよ。でも先生のせいで呼び戻された。だから最後まで責任取ってくれないと」とは、いったいどういう意味なのだろうか。

彼はもうひとつ、気になることを言った――「たまにはさ、家に届いたりするファンレターに目を通してよ」

家に届く……？

「あっ」叫んでいた。実家からの帰り際、母から受け取った奇妙な封筒！

階段を降り、リビングのソファに置きっぱなしにしていたカバンを探った。A3の大型封筒を取り出して、差出人の名を確認した。

〝原五月〟。

原という名字を見て、あのときなんで、なにも思わなかったのだろうか。山城はスマホで、〝原さん一家殺人事件〟を検索した。

正確には〝相模原市緑区陣内山　一家四人車中殺人事件〟だ。被害者のひとり、中学生の長女の名は〝原五月〟だった。

わざとだ。両角はわざとその名前で、おれの興味を引こうとしたのだ。

封筒をちぎって、中身を取り出した。

未使用の色紙二枚と手紙だった。

手紙を広げた。ワープロで書かれた文章。

文章を音読した。「……〝二枚のサイン色紙を、以下の住所に送ってください〟？」

住所があった。〝広島市東区牛田下町3−5〟。

「……広島？」

21

「アートねえ……」

殺人などの重大事案の捜査は、県警本部長を最高責任者とした特別捜査本部の設置からはじまる。本部の場所はその事件が発生した所轄の警察署。捜査陣のトップは捜査第一課課長と警察署長。今回は捜査第一課課長代理（事件担当代理）が指揮を取る。捜査員は、所轄警察署刑事課の刑事全員と、近隣十署の強行犯係から派遣された刑事十名。緊急の仕事を抱えていない署の警察官。そして主力である捜査第一課強行犯係の中隊（たいていは二中隊が充てられる）だ。

捜査自体は、捜査第一課派遣の刑事一名と所轄刑事一名がコンビを組んで行われる。

しかし今回の真壁班の場合は勝手がちがう。遊軍としての特別参加なだけに、助っ人となる所轄刑事はおらず、いつも行動をともにする舟木中隊のほかの班の刑事もいない。

　つまり山城圭吾の行動確認は、真壁班の四名だけの単独行動となった。

　二台の覆面パトカーに分乗して山城の自宅のある西戸塚に向かう途中、真壁は清田に詰問した。

「部長はいい刑事だけどさ、捜査のスタンスは冷静っていうか……それがこの事案に関しては、なんか違和感があるんだ」

「そんなことないよ」受け流そうと思った。

「いや、そんなことあるって」真壁は引き下がらない。

「そりゃ、今世紀最大の凶悪殺人鬼を捕まえたいからだよ。でもって捜査すりゃあするほど、山城は怪しいだろ?」

「それだけ?」運転席の真壁は、ちらりと清田を見た。あきらかに納得していない。

「代理が言うとおり未曽有の連続殺人なんだから、なにがなんでも捕まえたいのは、おれら刑事全員の思いだぜ」息を深く吸って、吐いた。「ただ、おれが言いたいのは、清田部長の今度のヤマに対する向き合い方……なんかさ、個人的なイレコミみたいなもんを感じるんだ」

　見抜かれちゃったな。さすが班長、と妙に感心した。

「じゃあ、質問を変えるわ」真壁が真顔で言った。「なんで殺人者は四人家族を狙うと思う？　部長、それがわかるんじゃねえの？」

「わかる？」視線を上に向け、考えをまとめた。

　真壁に顔を向けた。

「四人てさ……なんか、家族の理想的な単位って感じしませんか。多すぎもしないし、少なすぎもしない」

　カーブを曲がってから、真壁は言った。「……おれはさ、兄ひとりに弟と妹の四人兄妹だからよ。たしかに親にほっとかれてたよ。一家団欒なんてなかったしな」

「子だくさんなご一家ですね」

　清田の皮肉を無視して、真壁は話をつづける。

「でもわかんねえなあ……仮に部長の、〃一家団欒には四人がちょうどいい〃説が正しいとしてだよ、なんで殺したいわけ？」

「四人は一家団欒の理想単位であると同時に、なんか胡散くさいっていうのかなあ……」首をかしげた。「なんか、偽善的な幸せごっこのうえになり立ってる感がありませんか」

「部長は、そう思うんだ」

　納得はしないが、話を聞こうという意味だろう。

「自分はこう思うんだよな」しかたがない。ほとんど空想に近い推理を語ることにした。「ダガーみたいな犯人はさ、四人家族の一家団欒にあこがれているが、同時にひどく憎悪もしている。彼らを永遠のものとしてとどめたいくせに、破壊したいと強く願っている……それがあの、異常な犯行現場のアートでしょう」

「アートねえ……」真壁は小さくため息をついた。「ホシは四人家族にうらみというか、トラウマがあるって思うのか」

「そりゃあ、あるでしょ。たぶん自分チの、幸せな四人家族関係が崩壊したとか」

「部長って何人家族？」

「おれは一応……四人です」あまり聞かれたくない話題になったな、と思った。

「一応って？」

だが真壁はとことん、聞くつもりらしい。

「早めに解散したファミリーなんで、一応っていうか……」

真壁が納得していないようなので、洗いざらい家族の秘密を打ち明けることにした。一番、話したくないことだった。

「おれの実家って小田原って言ってましたけどね、それって、ばあちゃんチなんですよ。生まれたのは静岡の三島でしてね……親父は静岡県警の刑事でした」

「刑事？　初耳だなあ」

「班長には、というか、人にはじめて話してるから……」わざと笑った。「おやじは検挙率トップの刑事でね、いまでも静岡県警じゃ有名らしい。家には表彰状もいっぱいありました」自分の顔がくもるのがわかった。「けど家じゃあ、酔っておふくろを殴るわ、妹を殴るわ……結局おれが小学校三年のとき、おふくろは家を出ちゃった」

「それで、部長も小田原に？」

「もうちょい複雑です。おふくろは妹だけ連れて家を出た……おれを置き去りにしてね」

父が暴力をふるったのは母と妹で、清田にはなぜか手を上げなかった。そこに父と息子、母と妹という家庭内分断が生まれた。だが清田自身は母のほうが好きで、父のことは軽蔑していた。情けない人生の敗残者として映っていたのだ。

「おやじ、なんでおれを殴らなかったと思います？」

父は九歳の清田に真顔で言った。「もしおれがガキのおまえをぶん殴りつづけていると、おれが老いぼれたとき絶対おまえに復讐(ふくしゅう)される。おれがおまえのジィさんにしたようにな」

父は清田が中学一年のとき亡くなった。頭に大きな腫瘍ができていたのだ。

「それでおれは、小田原のばあちゃんの家に引き取られた。おやじの母親ですがね、すごくやさしくて、この人がおれの母親だったらよかったのにと思いましたよ」

「え……妹さんと出て行ったおふくろさんは？」

「おれを引き取るのをイヤがってね。あれは別れた夫の子だからって……」わざと笑った。本心を真壁に悟られたくなかった。「以来、母と妹とは疎遠です」

「だから部長、マルガイの心が読めるのか」

どう答えていいか迷い、しばらく沈黙した。

「読めるか読めないかわかんねえけど、理解不能ってわけじゃない……もちろんおれは、人殺しは肯定してないよ」

「あんまり熱くなるなよ」真壁が話をまとめるように言った。

山城の高層マンションの前に到着した。降車すると、すでに浅野と石原は所定の配置についていた。

「山城は在宅？」真壁が無線で浅野に尋ねた。

「わかりません」

「部長、あいさつしてこいよ」

「え、行確するのに？」

「いるかいないか、たしかめたいじゃん。おれらが怪しんでるってことは、山城にもバレてるんだからさ……ふらっと来たって設定で」

「了解」

ロビーに入ると、インターホンの前に大村が立っていた。戸惑った表情が見て取れた。

だが清田に気づいて、驚いた顔に変わった。

「原稿取りですか？」

「じゃないんですが……ちょっと妙な電話があって来てみたんです」

「妙な電話？」

「で、来てみたら……山城さん、いなくって」

二時間前、携帯に山城から電話があった。会議中だったので気づかず電話に出られなかったが、留守電が残っていた。ネームの途中だが、緊急の用があって東京をはなれる。たぶん今日の夜には帰れると思うが、原稿渡しが少し遅れるかもしれないという伝言だった。

「で、どこに行ったんですか」

大村は首を左右にふった。「わかりません」

山城の身辺になにがあったのだろうか。それをきっかけに、新たな殺人が起きるのではないか？　清田は不安な気持ちになった。

22 「最初の読者は大事でしょ」

二葉山の山頂のちょこんと見える銀色の塔は、スマホで検索したところ、仏舎利塔の頭のようだ。

広島市東区牛田下町は、三方を低い山に囲まれた静かな住宅街だった。広い邸宅があるわりに道路は東京よりせまく、時々だだっ広い畑や、あきらかに元畑だった駐車場に出くわす。〝牛田〟というだけに、もとは田園地帯だったのだろう。

タクシーをつかい、牛田にある市バスの終点で降りたが、広島駅からは拍子抜けするほど近かった。地図で確認すると、駅から徒歩でも行ける距離だ。しばらく歩きまわって、手紙の住所にたどり着いた。やはり原という家ではなかった。それどころか家屋はなく、住宅街の中の八十坪くらいの更地だ。〝売地〟と書かれた不動産会社の看板が立ち、周囲は鉄条網が張られている。

思い切って、通りかかった中年の女性に声をかけた。仕事をほっぽらかして訪ねたのだ。さすがに収穫なしで帰るのは忍びがたかった。

丸顔の中年女性は警戒するでもなく、山城に笑顔を向けた。

「すみません、この近所の方ですか」

「はい、このちょっと先に住んどるよ」

目の前の更地を指さした。「ここって、もとは家でした？」

「ああ、ここ」笑顔が消えた。「もしかして、ここ買おう思うてらっしゃるの」

「ああ……ちょっと」少しでも情報がほしいと考え、ウソをついた。

「ええところじゃったけど、あがいなことがあったんで、なかなか売れんねぇ」

「ええと……犯罪でしたっけ？」咄嗟（とっさ）に出た言葉だった。

「犯罪？」女は首をかしげた。

勘ちがいだったかと思ったとき、女は先をつづけた。

「犯罪かどうかは、わたしは知らん。ご近所じゃし、そう思いとうないですけどねえ」

もっと手がかりを引き出したかったので、あえてなにも言わなかった。

女は勝手に、話しつづけた。「大晦日（おおみそか）にのぅ、火事で全焼しよったけぇ……三月？そのくらいに更地にしたんよ」

「火事……ご覧になりましたか」

「すごい火で……杉村（すぎむら）さん、お気の毒じゃったねぇ」

昨年大晦日、杉村という家が火事で全焼したということだ。

「この辺りは進藤（しんどう）さんて、大きなお屋敷があってのぅ。三十年前に売りに出して

「……四軒分の家が建ったんよ」

知りたいこととは関係のない土地の歴史について話しはじめたので、山城は女に礼を言い、その場をはなれた。

バスの終点がある商店街のほうに戻り、喫茶店を探した。大通りに出たところに、マフィンとコーヒーを売りにしたカフェがあった。

コーヒーを注文して、スマホを操作し、〝広島市東区　杉村さん一家　大晦日　火事〟で検索してみた。

十万以上の検索数。どうやら広島では大きな事件だったようだ。

〝十二月三十一日　広島市東区牛田下町三丁目で火災が発生し、四人の焼死体が発見された。住人の杉村拓真（たくま）さん（57）と妻の智子（ともこ）さん（53）、長女春奈（はるな）さん（29）、長男の達也（たつや）さん（24）とは連絡が取れず、警察はその四人が犠牲になったものと見ている。〟

事件には続報があった。

〝司法解剖の結果、妻、智子さん、長女、春奈さん、長男、達也さんの三人には首や腹部、手足に刺し傷があり、火災発生前に死亡していたことがわかった。拓真さんの遺体には首に一か所だけ切った傷があり、火災発生時には生きていたことから、広島県警は拓真さんによる無理心中と考え、裏づけ捜査を急いでいる。〟

死んだのは四人家族。警察の見立ては正しいのだろうか？　すぐに疑問が湧き、それは確信に変わった。原五月という、相模原の山奥で殺害された犠牲者の名を騙り、送られた手紙——それは両角と名乗る男からの、メッセージ以外のなにものでもないはずだ。

原さん一家は船越さんの次ではない。二番目は、広島の杉村さん一家だったのだ。だが火事によって、それは巧妙に隠されていた。そのことを両角は、自分にだけ知らせて来たのだ。

今日中に東京に戻ろうと思った。コーヒーをふた口飲んで会計をすませ、外に出た。

タクシーを呼び止め、わずか十分で広島駅に到着した。行きも帰りも飛行機ではなく、自宅まで四時間かかる新幹線を選んだのは、車内で考えを整理したかったからだ。

東京行き新幹線の到着時刻まで二十分。待合いスペースの、背中合わせになったベンチに腰掛けた。この時間、乗客はあまりいない。

「ぼくの仕事、やっと気づいてくれた？」

恐怖に凍りついた。あの少年のような声だった。うしろのベンチに背中合わせにすわっている。

「あ、うしろ向かないでよ。顔、もう見てるんだから」ククククという笑い。

「もうやめてくれないか……」ようやく声が出た。

「やめてって、なに？」

「もう、おれに連絡取るのも、こんなふうに近づくのもやめてくれ」

「ねえ、なんで広島まで来てもらったかわかる」

思考が麻痺しているようだったが、山城はその質問の意味を考えた。だが答えが出なかった。

「まあ、わからないよね」

その助け舟に、なぜかほっとした。

「前にさ、人間は一生に一度か二度くらい人を殺してみたい生物だって言ったの、おぼえてる？」

よくおぼえていた。

返事を待たず、両角はつづけた。「ぼくの場合は二回。二回やったら二度としないつもりだった。一回目は山城先生が見たアレね……先生はまあ、ぼくがマンガ家だったら、最初の読者みたいなもん」

両角が身体を動かしたのが、わずかな振動でわかった。

「先生だって、最初の読者は大事でしょ」

自分を殺さなかった理由がわかった。あの猟奇的殺人は、両角の作品で、自分は最初の観客だったのだ。

「そういえばさ、『34』の最初の読者ってだれ？　あの担当者？」

夏美の顔が浮かんだ。

「まあいいや」両角が言った。「で、二回目はさっき山城先生が見てきた一家……ちょっと小細工したけど、それでもみんなに見てほしかったから燃やしてみました」

ベンチの背が小刻みに揺れる。声を出さずに笑っているのだ。

「あれで先生さあ、ぼくはやめるつもりだったんだよ」

両角の苛立ちと怒りが伝わった。

「でも何日か経って、帰りの新幹線のキヨスクで、マンガ雑誌を買ったのがまずかった……『ライジングサン』だよ」

なにを言いたいか、山城はわかった。

「ぼくはそれまで、『34』ってマンガがはじまったことなんか知らなかった。あのときはじめて読んだんだ。新連載第三話だったけど、なんかピンと来た。主人公の顔もぼくに似てるし……作家名を見たら、だれだかすぐ思い出した。ああ、ぼくをマンガに出してってお願い、聞いてくれたんだなって……それでネットで、前の二冊の『ライジングサン』も取り寄せたよ」

話を中断した。背中に振動が伝わる。また笑っているらしい。

「一回目って、ぼくの最初の作品のパクリじゃない？　けど、怒りより感動があったね。あの家に入って来た彼、ここまで理解してくれたんだって。もう完璧、同志じゃんかって。それで思った……このマンガの先生のために、そしてマンガ自体を応援するために、二回じゃやめられないなって」

「どうしたら、やめてくれる？」勇気をふりしぼって尋ねた。

「その前にさ、山城先生に文句を言わせてよ」ささやくような声だった。「ぼくがこんなきっついことやってんの、いま言ったように先生のためだし、そもそも先生のせいじゃん」

「どういうことだよ」

「何度も言わせないでよ。ぼくは広島を最後にやめようと思ってたのに、先生のせいでつづけさせられたんだ。いまさら、もうやめてくれはないでしょ？」

理屈にならない理屈……この男は、とことん常軌を逸している。

「ところでさ、『34』の次のダガーの活躍、楽しみにしてるから。もっともっと、そっくりにやるから、山城先生も気を張って描いてよね」

背中が軽くなった。両角が立ち上がったのだろう。

動く気配を感じたが、ふり返る勇気がない。

しばらくのあいだ、まるで縛られたように動けなかった。

両角がなぜ自分にまとわりつくのか、その理由はいまだに答えが出ない。だがひとつわかったことがある。このまま行けば、どちらかが死ぬ以外終わりがない。両角は一家四人を殺しつづけ、自分は傍観者どころか、立派な共犯者になってゆく。

23　**「しかしいいのかなあ」**

テーブルの陰に少女。

少女、ふるえている。

警官「おい君、大丈夫か!?」

もうひとりの警官「ダガーの殺人で、はじめて人が生き残っていた!」

「え、今度の被害者、生かしちゃうの?」

メールと電話での打ち合わせで十分なのに、大村はわざわざやって来て、山城の目の前でネームを読んだ。半日の失踪がよほど心配だったらしい。

山城は昨日の夜九時に帰宅。徹夜でネームを書き上げた。作品の流れ上、殺人シーンをやめるわけにはいかなかったが、なんとか両角の凶行を止めたいと思った。どうしたらいいのだろう。アイデアは新幹線の中でひらめいた。ダガーに試練を与えるのだ。たとえば、標的のひとりを殺しそこねるという致命的ミスを犯すというのはどうだろう。両角だって捕まりたくはないはずだ。犯行を思いとどまってくれるかもしれない。

「しかしいいのかなあ」事情を知らない大村は、あくまで『34』をいかにおもしろくつづけていくかしか考えていない。「この展開だと、影も形もない殺人者ではなくなりますよね。目撃者が出たわけだから」

「でもダガーが完璧すぎるとワンパターンになって、読者にあきられると思いませんか」あえて反論した。

「それはわかるよ。だからいずれ、こういうミスを犯す展開になるんだと思ってたけどさ。早すぎません？　これって単行本の四巻目よ」

　大村を納得させる言い訳を、あらかじめ用意していた。

「これ、実はミスじゃなく罠って方向に持っていこうと思うんです。ダガーは想像以上の犯罪の天才で、うるさい三人の追跡者をからかうために餌を撒いた、みたいな……」

　ウソだったが、うまく引っかかってくれたようだ。

「あー、そういう方向かあ」大村は大げさに頭を抱えて、やられた感を演出した。「じゃあ、どういう罠にするかも考えてるんですね」

「それはまだ、考えてません」山城は笑った。「でも、どうにかしますよ」

一瞬、大村の顔が強張った。だがすぐ考え直したようだ。

「まあ、こないだの天井から刃物の伏線回収もお見事だったし、じゃあ、山城さんを信じるわ」

「はい」頭を下げた。辻褄を合わせるために、いずれ身をよじるような時間をすごすことを覚悟した。それよりまず、両角の暴走を止めるほうが先だ。

24 「キャラちがいだよ」

マンションの玄関から大村が出て来る姿を、清田は車の中で確認した。山城のスケジュールはほぼ把握していた。たぶん大村は昨日の山城の行動を心配し、ネーム打ち合わせにかこつけて顔を見に来たのだろう。

山城の行確は二十四時間態勢で行われたが、班員は四人しかいないので、交替で任に当たるとしても、なかなかの重労働だった。マル対の山城が昨夜、九時過ぎに帰宅したのを確認したのは石原で、未明に浅野が引き継ぎ、いまは清田の番だった。

「どうよ、山城先生は？」

助手席のドアを開けて乗り込んできたのは、真壁だった。交替の時間にはずいぶん早い到着だ。

「大村が帰りましたから、いまは、山城ひとりですね」

「あいさつに行かないのか」

「それも考えたんすけどね。プレッシャーをかけないほうがいいでしょう……もし彼が共犯なら、ほっておいてもそろそろシッポを出すよ」

「山城と辺見の共犯？　それとも、山城とダガー似のだれかさんとの共犯？」そう言いながら、真壁はテイクアウトで買って来たハンバーガーを食べはじめた。肉とケチャップのにおいが一気に充満し、清田は少々不快になった。

「後者だよ……ダガーのモデルになってるやつとの共犯関係」

バンズを咀嚼しながら、真壁は言った。「前から言ってるように、あくまで辺見は無罪？」

「そう思うね」うなずいた。「辺見はキャラちがいだよ」

飲み込んで、口を開く。「キャラちがいって？」

「ダガーのキャラクターに合わないって意味」においを消すため、わざとらしく窓を開けた。「辺見がホンボシなら、あんなスタイリッシュなサイコサスペンス、山城は描けなかったと思うんだ。共犯はもっと……山城があこがれを抱くような人物じゃないと」

「なるほどねえ……」否定でも肯定でもない口ぶりだ。

「辺見敦って、いまどういう状況っすか」

「検事の調べが終わって、一審の日程を決めるころじゃねえか……むろん裁判員裁判だな」

「判決は有罪だろうから、冤罪確定じゃない？」

真壁は顔をゆがめた。「本気で、辺見は船越さん一家のヤマにかかわってねえと見てるのか？　百歩ゆずって、部長がいう第三の殺人者がいてだよ。山城を入れて、共犯が全部で三人てセンはどうよ？」

「ないと思うな」清田は断言した。

「じゃあ、主犯はダガー似のだれかさんで、共犯が山城？」

「そう……」逆に尋ねた。「原さん一家の車で見つかった包丁の件、上は検察に報告してるんすか？」

真壁は、食べ終わったハンバーガーの袋をくしゃくしゃっと丸めた。

「さすがに報告してるべ……検察が法廷にそれを出すかどうかは知らねえけど」

「まさか県警のえらいさんと検察……メンツとかマスコミの批判を怖がって、辺見を無理やり極刑にしようってんじゃねえだろうなあ」

「というよりさ、辺見がガキのころやらかした事件が、上や検察にとって一番の判断材料だろ」真壁は自嘲気味に笑った。「第一やってもいねえことを、なんで辺見はうたっちゃったんだよ」

「辺見が犯した殺人……少年じゃなきゃ、死をもって償うべき大罪だったことはわかるよ。けど法的には、やつは罪を償った。だから過去は過去、いまはいまでしょ」話をつづける。「それからなんで、やってもいないことをやったって言ったかは、たしかに班長の言うとおりで、自分もわからない」

「だろぉ」おまえ、わかれよという微笑を浮かべている。

「サイコパスだから、またやったって考え方をぬぐえないのはわかるよ。うたっちゃったんだしさ。けどさ、サイコパスだから自分がやったって言っちゃった可能性もある。注目を集めたくてな。しかしひょっとしたらだよ、万にひとつはあるだろ。運の悪いときに、運の悪い男がたまたまいて、警察に過去の犯罪を突きつけられた途端、パニックになって自分がやった気になったってケースもさ」

「もちろん、そういう前例があったにはあったけどよ、いまさら県警首脳陣と検察は、その説を取らないだろうな」

山城を通じて真犯人にたどり着かないかぎり、辺見は極刑になる。しかしこの一連の殺人には、もっともっと複雑な裏があるような気がする。

西相模原警察署に置かれた原一家殺人事件――正式には〝相模原市緑区陣内山一家四人車中殺人事件〟の特別捜査本部は、捜査第一課強行犯2係と5係を中心に延べ五百人の態勢で捜査を行ったが、いまだになんの進展も得られていなかった。さすがに怨恨のセンは捨てられたが、かといって目撃者はおろか、山中のため防犯カメラも少なく、通り魔の犯行である確証もなかった。

遊軍として参加した真壁班は、重要参考人と思われる山城圭吾の行動確認を二週間にわたって継続した。しかしマル対は自宅からほとんど出ず、訪ねてくる人間も仕事関係がほとんど――しかも極端に少ないため、新たな捜査対象にすべき不審人物は現れなかった。それでも奥村代理と特別捜査本部は、真壁班にかすかな期待を寄せていた。真壁の捜査方針に異を唱えなかったのがその証拠だ。

山城のマンションが見える通りの向かいに、清田は車を停めていた。夜の八時過ぎ、後部座席のドアが開き、真壁が乗り込んで来た。

「異状は？」

「マル対は今日、一歩も外に出ていません」

「ずっと仕事か……金持ちも楽じゃねえな」

『34』はその後も順調にヒットをつづけ、どこの書店でも新刊は山積みだった。ネット書店でもベストセラーの上位にいる。累計発行部数の印税率を計算すると、今年度の山城の収入は億を超えるはずだ。

「今日発売の『ライジングサン』、読む？」清田はふり向いて、雑誌を差し出した。

「なに？　いよいよ殺戮シーン？」真壁は雑誌を受け取った。

「山城先生、やってくれましたよ」

「え……」

真壁は不安そうな顔になり、『34』のページを開いた。

無言で読みはじめる。車内に沈黙が流れる。

しばらくして、真壁は目をまん丸く開いた。「え、生存者が出ちゃったじゃん。これでダガーの面バレちゃうじゃないよ」

まるで『34』のファンのような発言に、清田は吹き出した。

「ね、やってくれたでしょ」

「部長の言うとおり、山城が第三の殺人者と共犯だとして、そいつがマンガの再現をしてるとしたらさあ……なんで、ダガーが苦境に陥るようなストーリーにしたんだろうな」

「それと次の殺人をホンボシが模倣して、もしも被害者のひとりを生かしたら……

『34』と犯人のつながりが証明されるよね」

清田は、山城が真犯人を知っていると確信している。次の殺人が今回のシチュエーションそっくりなら、特別捜査本部も山城を重要参考人と確定する。そうなれば、任意で引っ張ることができる。

「しかしそれって、おれらが次の殺人を期待してるみたいで、むなしくねえか」真壁がため息をついた。

「まあ、そうですが……」言いよどんだ。清田もそのことを気にしていたからだ。

「もし部長が思うようにさ、山城とホンボシが連絡を取り合っていたとしたらだよ。今回の『34』で、ダガーを追い詰める展開にした理由……なんだと思う？」

「一番考えられるのは、仲間割れ？」

「おれもそうだと思う……部長のスジ読みが正しい場合だけどな」

清田には、もうひとつ別の仮説があった。山城の作品をホンボシが模倣しているのではなく、山城の描いた殺人を、山城が共犯者に命じてやらせている場合だ。そうなると、山城が主犯、殺人の実行者が従犯ということになる。

清田の中で、山城はどんどん怪物化している。同時に、山城という人間に好感を抱いたのも事実だし、『34』をおもしろいと思う気持ちが、日増しに強くなっていることも認めなくてはならない。そういう自分自身に腹が立っていた。

25「ぼくのパートナー」

テレビを観ながらソファで微笑む田口圭子は、母の顔に似ていた。といっても、母の顔はあまりおぼえていない。母はマイナーなホラー雑誌に作品を連載するマンガ家だった。絵はびっくりするくらい上手だったが、人間が描けなかった。だから彼を理解できず、愛せず、妹が亡くなったことをきっかけに家を出たのだ。

ソファの右端にすわる田口文哉の顔を見た。父には似ていない。父の顔はよくおぼえている。家にいる父ではなく、信奉者の前で教えを授ける、いきいきした父の顔だ。父は信奉者から、〝先生〟と呼ばれていた。家族を幸福の一単位と考え、その家族が集まり、社会と隔絶した地域で自給自足の生活を営む——それが、父が提唱した理想のコミュニティだった。だが家庭での父はいつも不機嫌で、自由奔放な母や反抗的な彼を、終わりのない威嚇と説教で追い詰めた。父が死んだときは、ほんとうにせいせいした。

田口文哉はどんな父親だったのだろうか。あらためて顔を見た。いい笑顔だ。きっと家族想いのやさしい父にちがいない。

両親の真ん中には、長女の翼と次女の葵。翼は笑顔だが、葵は苦しそうだ。生きているからだ。

彼はまた腹が立った。ここにあるのは未完成な作品だ。中途半端な創作を強いたのは、山城圭吾だ。

彼は山城先生を喜ばそうと、次の標的をたっぷり時間をかけて選んだ。その理想の家族が田口家だったのだ。なのに、ひとり生存者を出せ？　いったいぼくのパートナーは、ぼくになにをやらせたいのだ。ぼくを苦しめたいのか？

だが彼はやり遂げた。葵以外、完璧な美と死の世界を創り終えた。

去り際に葵を見た。もう、うめいていない。まずい、死んでしまったのだろうか。

あわててのぞき込んだ。

かすかに呼吸をしている。うまくいった。一生目を覚まさないでほしい。彼女がなにも語らなければ、まだまだ作品を生み出しつづけられる。

同時に葵が意識を回復し、自分の存在を証言するという最悪のシナリオも頭に浮かんだ。するとだんだん、山城に憤りをおぼえた。

26　「一種の借りもの」

会うとは言ってくれなかったが、夏美は電話には出てくれるようになった。山城は一日おきに連絡し、お腹の子どものことを尋ね、なにかこまったことがあったら遠慮しないで話してくれと言って電話を切った。

だが今日電話をしたのは、夏美に重要な決意を打ち明けるためだった。

いつものように子どものことを気づかう質問をしてから、話を切り出そうとした。するとめずらしく、夏美のほうが質問した。

「仕事、相変わらず忙しいの？」

「まあ、忙しいには忙しいかな」

雪解けが近いような気がして、山城はうれしかった。

「マンガ、すごく調子がいいみたいね。こないだ本屋さんのぞいたら、新刊が平積みですごいいっぱい並んでたよ」

「ラッキーっていうか……」

ラッキーどころではなかった。今朝、原稿を受け取りに来た大村が、「次の四巻、おそらく初版五十万部だよ。快挙ですよ、快挙！」と叫んだのを思い出した。

しかし広島に行って以来、そんなことはどうでもよくなっていた。いよいよ告白せねばと心を決めた。

「実はおれ……『34』、やめようかって思ってる」

「え？」

かまわず話しつづけた。「たぶん『34』やめたら、次はないってわかってる……でもこのマンガ、最初読んでもらったとき夏美が言ったように、おれの作品じゃないと思う。いくら人気があったって、これはおれじゃない……でももとのおれに戻れば、またボツばっかりになる」

「大丈夫だよ。圭吾くんには才能があるんだし……」

次の言葉を言うのには、覚悟がいった。

「ないんだよ、全然」

夏美から返事はなかった。

「あれは一種の借りもので……なんて言うかなあ。前、夏美におれが言った言葉、おぼえてる？　すごいキャラを生み出しちゃったら、キャラクターはやがてマンガ家をはなれ、逆にマンガ家を支配するって」

ちょっと間があいて、夏美が答えた。「うん、おぼえてる」

「おれは支配されるどころか、乗っ取られた」気づくとかすれ声だった。「あいつを見たとき、おれがあいつの中に入り、あいつがおれの中に入った……そのときはタメの関係だったんだ」

「ねえ、なに言ってるの？」山城の魂の叫びが伝わったようだ。尋常ではない告白だと気がついたのだ。

その問いには答えず、話したいことを話した。「でもいまは……おれはダガーに乗り移られて制御できない」

なにもかも事情を話して、夏美をこまらせるつもりはなかった。いまはただ、自分の心情を聞いてくれるだけでいいのだ。

「キャラクターが自分の投影ならまだいい。作品の中で、勝手に動き出す程度で止められるならまだいい。でもおれみたいな借りものキャラで勝負したとき、そいつがあまりにリアルで強烈だったら……日常生活にまで侵入してくる」

言葉を切った理由は、脳裏に両角の横顔が浮かんだからだ。

「もう無理だ……」気がつくと、つぶやいていた。

「ねえ、圭吾くん」声が大きくなった。「圭吾くん！」

山城の抱える混沌(こんとん)を察したのだろう。落ち着かせようと必死の声だ。それで山城もわれに返った。

「だからとにかく……『34』をやめようと思う」

夏美は沈黙した。それはそうだろう。なんと言っていいかわからないのだ。

「そのときはさあ、やり直せるとは思わないけど……」一番尋ねたいことだった。

「またおれと会ってくれる？」

「うん」即答だった。

少しだけ救いを感じた。『34』を終えることはまちがった判断ではない――その決意をあらたにした。

夏美と話をして三十分後、スマホの画面を開いた。大村に電話して、編集長とアポを取ろうと考えた。あと一巻か二巻で作品を終了したいと話せば、各方面に迷惑をかけるということになる。善は、いや、善ではないが、早ければ早いほど、いろいろなところにダメージが少ないと思った。

つけっぱなしのテレビに気づき、リモコンを探した。

ワイドショーのよく観る司会者の顔が映っていた。突然信号音が鳴り、画面上部に白い文字で臨時ニュースが流れた。

〝横浜市緑区で一家三人の遺体。一人が意識不明の重体〟という文面。

スマホを持つ手が無感覚になった。

また両角がやったのだ。自分が描いたマンガそっくりに、生存者を残して……。

第四章

影男は怖くない。そう思いたくて、もう一回顔を見た。
敵意がないことをわからせようと、微笑まで浮かべてみた。
影男にも笑顔を期待したが、もう笑ってはいなかった。
怒らせてしまったのかもしれない。自分のわざとらしい笑顔を後悔した。
正体を知るために、直視すべきときが来たと思った。
顔をまっすぐ前に向けた。
影男の顔がはっきりわかった。
わかった途端、驚いて声が出なくなった。

27　「おれらは、えらい能なしだったってこと」

田口家は畑と森のあいだに建つ二階建て一軒家だった。緑区の大規模な住宅街の中の一軒だが、ほかの家より少しはなれた位置にあった。

警察官が大勢立っていた。たくさんのパトカーや鑑識の車、警察官の輸送車が停まっている。家の周囲には規制線が張られ、家自体、可能なかぎりブルーシートで覆われている。

「部長、どう思う？」

現場から出て来た清田に、真壁が尋ねた。

「腸が煮えくり返るって、このことだったんだ……怒りしか浮かばねえすよ。とっととホシを捕まえて、ぶっ殺したい」

ソファに並んだ三人の遺体が、頭の中によみがえった。血まみれで笑っている。三人とも端整な顔をしていたので、余計凄惨に思えた。

「じゃなくてさあ……」真壁もいらいらしているようだ。「田口さん一家の。殺人現場の印象だよ」

「決まってるじゃないか」なぜか真壁を責めるような口調になった。「ヒモで縛られて、無理に笑顔にされたご遺体……船越さん一家とそっくりだよ」

「みんな、そう言ってる」

めぐりあわせだった。捜査第一課から駆り出されたのは、3係と4係。船越一家の特別捜査本部と同じ面子だ。

「辺見敦は無実で、まだホンボシがいるんじゃねえかって話すやつらまで出て来たぞ」

一課長も奥村代理も、神奈川でこれほど頻発する一家四人殺しを偶然と考えることはもはやできず、船越一家、原一家と合わせて捜査をやり直す必要があると、真剣に検討をはじめたようだ。

「ホシはこないだ話したとおり、『34』そっくりにわざと生存者を残した。山城と殺人犯に、なんらかのつながりがあることはあきらかでしょう」

「その前にさ、生存者の女の子の容態が気にならねえか。意識を回復してくれれば、ホシの人相がわかるし」

生き残った田口葵は、十日市総合病院に収容された。

病院に到着すると、真壁だけが容態を聞くために中に入り、清田は駐車場前の喫煙所辺りで待つことにした。

雨が降っていた。にわか雨だろう。清田は濡れるにまかせて、これからの捜査について考えた。というより、山城をどう落とすかの作戦を練ることにした。『34』との類似を考えれば、重要参考人として任意同行の要請は可能だ。もう、本部長も捜査第一課課長も奥村代理も拒否はすまい。

山城と事件との関係はまだ置いておいても、彼が名声を得る手段として殺人を黙認したことはまちがいない。世間の糾弾以外、いったいどういう罪に問えるのだろうか。

清田は〝広義の共犯〟の定義について考えた。警察学校でも巡査部長昇任試験でも、よく出て来る法律用語だ。

〝広義の共犯〟には、〝共同正犯〟と〝教唆犯〟、〝ほう助犯〟の三つがある。殺人現場にふたりともいて、ひとりが実際に殺人を犯し、ひとりは見ていただけでも〝共同正犯〟は成立する。だが山城が殺人者といっしょに現場にいたということは考えにくい。だからこれには当て嵌まらないだろう。

〝教唆犯〟としてなら、立件は可能かもしれない。教唆とは、犯罪者に犯罪遂行の欲望を生じさせ、犯罪を実行させた場合だ。だが山城が殺人者を説得したわけではなく、『34』というマンガを通して教唆したのならどうなるのか？

三番目の罪の定義を当て嵌めてみた。〝ほう助犯〟とは、たとえば殺人の意思がある者に凶器を渡すなどの手助けをした場合に成り立つ。マンガは凶器になるのか？　もしこの理屈が通れば、山城は正犯では無理でも、従犯としてなら起訴できるはずだ。

いやいやいや……清田は自分で、自分の考えを否定した。現実はそうはならない。検事は山城のマンガを勝手に殺人者が模倣しただけだ、と考える可能性が高いからだ。例の、〝社会的責任はまぬがれないが、刑事罰を問える犯罪とは認められない〟というやつだ。

あいつはあくまで、高みの見物か。山城に対して、すさまじい憎悪をおぼえた。あの男がどれほど許されざる行いをしたか、清田は問いただしたかった。そうして殺人者といっしょに死ぬか、殺人者を捕えるために、おまえも命を賭けろと言ってやりたかった。

「おい、部長」

考えごとをしていて、真壁が戻ってきたことに気づかなかった。

「どうだった？」あわてて尋ねた。

真壁は唇をきつく結び、首を左右にふった。

「意識、戻るかどうかわからないそうだ」

大量出血で脳に損傷を受け、一生意識がない場合もあるというのだ。

「ヘタに助からなきゃよかったのにな」

思わず口をついた本音に、真壁は顔をしかめた。

「おまえ、ひでぇこと言うな」

「だって意識戻ったら地獄だぞ。両親も姉貴も死んじゃっててさ」

真壁は黙った。いくらなんでも言いすぎだと、責めているようだ。

「あきらかなことはだよ」そんな真壁を挑発するように、清田は言った。「おれらは、えらい能なしだったってこと」

清田は雨の中を、車に向かって歩き出した。

28　「描けないんです」

「あと一巻か二巻でやめたいって……山城さん、そりゃ唐突だよ」加藤（かとう）編集長はあきらかに、むっとしている。

「すみません……」山城は下を見たまま、小さな声で言った。

応接室には、山城と大村、『ライジングサン』の加藤編集長がいた。

大村に、大切な話があるから編集部に行く、会ってほしいと言うと、最初は用件を教えてほしいと何度も尋ねられた。山城の口調に、尋常ではないなにかを感じたからだろう。だが、会ったときにお話しします、の一点張りでアポイントメントを迫ると、今日は校了なのでふたりとも一日中、会社にいますという答えが返ってきた。

「模倣犯のこと、気にしてるんだよね」大村が言った。「わかるけどさ……まだ結論を急いじゃいけなくない？」

「でも今日の横浜の緑区の事件、知ってるでしょ？　こないだ、おれが描いたのとそっくりじゃないですか。犯人はわざとひとり、殺さなかったんです」

「わざとかわざとじゃないかは、わかんないじゃない！」加藤編集長が、感情をあらわにして反論した。

山城は黙って聞いた。スジのとおった理由を言いたくても、言えなかったからだ。大村にさえ、両角の存在は話していないのだ。両角をこまらせるため、わざと生存者を出したなどとはとても口にできない。

「ネットでは、『34』と神奈川で頻発してる一家四人殺しの類似点を指摘してますし……これ以上、連載つづけたら『ライジングサン』にも迷惑かかると思うんです」

「迷惑なんて、全然かかってないよ」編集長が吐き捨てるように言った。

たぶん山城が考える以上に、『34』終了は大ごとになるようだ。

「山城さん、ネットなんか見ちゃダメですよ」

「こんなに宣伝してもらって、実際売ってもらったのは感謝しています。けど、あのマンガは世に出しちゃいけなかったんです。自分で描いておいて、おいおいって感じでしょうけど、あれは悪趣味な作品だと思います」

「悪趣味はひどいよ。おれはそうは思いませんね」今度は大村を、怒らせてしまった。

三人が三人とも言いたいことを言ってしまい、沈黙が流れた。

山城は本音を吐く以外なくなった。蚊の鳴くような声で言った。「迷惑かけることはわかっています……でも、もう描けないんです」

大村と加藤編集長が顔を見合わせた。

編集長は冷静になろうとしたのか、深呼吸した。

それから、穏やかな声で言った。「一番迷惑をかけるのは、『34』を応援してくれている読者だと思うんです」

無言でうなずいた。

「じゃあ、こういうのはどうかな」加藤編集長の提案だった。「連載終了じゃなくて、しばらく休載するっていうのは」

「休載……ですか」

「『34』で山城さんが撒いた伏線を見るとさ、とてもあと一巻か二巻で終われるとは思えないんだよ」

隣で大村が首を何度も縦に動かした。

「それにいま言ったけど、作品を唐突に終わらせるのは、読者に失礼だと思うんですよね」

一言もなかった。本庄先生も同じことを言っていた。だれも望んでないのに、突然マンガをやめるマンガ家は、マンガの神さまに呪われるぞ、と。

しかし実態は人命の問題で、そういうことではないのだ。

休載は受け入れられないと言おうとしたが、加藤編集長はその方向でどんどん論理を積み重ねていく。

「それに雑誌的にも、ものすごく痛いんですよ……部数的にも苦戦してるし」片方の口角だけ上げげた。「だから休載という形を取って……いつでもいいです。描けるようになったら、すぐ再開しましょう」

「山城さんだって、最後まで描き切りたいでしょ」大村が編集長に乗っかった。

やめる許可を取るのは、何時間話し合っても無理だとわかった。だから山城は実を選択する以外ないと思った。時々前例のある永久休載だ。そうなれば両角は、犯行をやめてくれるかもしれない。

「はい……」ウソを言うのは、気分が悪かった。大村と加藤編集長に笑みが戻った。最悪のケースを回避できて、ほっとしたのだろう。

「ところで山城さん、今回もおもしろかったよ」

面倒な話にケリがついたと思ったのか、加藤編集長がおべっかを言った。山城は無理に笑みをつくって、うなずいた。

「四巻は初版、五十万ですよね、加藤さん」このあいだの話を、大村が編集長に確認した。だから絶対再開しろよ、という意味を込めてのことだろう。

編集長が笑顔で、「販売はそう言ってる」と確約した。

山城はまた、ぎこちなく笑った。

「ところで、いつからお休みします？」大村は、こわごわ聞くという表情だ。

「できれば、次の号から」山城が言った。

大村は沈黙して、加藤編集長のほうを見た。

加藤編集長も予想外に早いなという顔だったが、「しかたないね」と決断を下した。

大村がほっとした顔になった。

「じゃあ、休載の告知、入れませんか。原稿が落ちたみたいなウワサ立てられたくないし」

「そうだな」

「山城さん、悪いけどもう少し残ってさ。告知ページに載せるお詫びの言葉と、なんか簡単なカットちょうだいよ」

会社を出たときは最悪の気分だった。自分がほんとうにしでかしたことを、だれにも言えないからだ。このままでは、罪の意識に押しつぶされそうだ。必死でいいことを考えようと思ったが、なにも思い浮かばない。夏美のこともだ。会うのはかまわないと言ってくれていても、ふたりの関係はもとには戻らない。それらの現実を前に、重い後悔だけしか感じない。

どうしたらいいのだろう。どうやったら両角の凶行を止められる？　たとえば命と引き換えなら、この殺人を終わらせることができるのだろうか？

死を覚悟するときが近く来るのを、山城は予感した。

地下鉄の階段を降りているとき、電話が鳴った。

画面に〝綾〟の文字。あのとき以来、姉とは話していない。まだ怒っていると思っていたからだ。

意外だった。

バーを右にスライドし、耳に近づけた。「はい」

「夏美から聞いた。あんたも鬼畜ってわけじゃなかったのね」イヤミな口調は相変わらずだったが、許してくれたようだ。

「なによ」ぶっきらぼうに答えた。

「こないだ言ってた日……ウチ来られる？」

「なに？」綾が沈黙したので思い出した。「あ、カレシをおれらに紹介するって日？」

「そうそう」

「照れてんじゃん」

「バァカ」耳が痛いほどの大声だった。「じゃあ、出席ね」

山城の答えを待たず、綾は電話を切った。

仲直りができたことで、少しだけ心が軽くなった。現実から逃げているわけではない。命をささげる前に、少しの休息があってもいいじゃないか。そういう心境だった。

29 「山城先生は有名人」

田口一家四人の殺人・殺人未遂事件の特別捜査本部は、緑北警察署に置かれた。『34』との相似は、奥村代理も緑北警察署署長もかなり重要な手がかりであると認識していた。しかし山城を参考人として引っ張る件は、またしても本部長判断で時期尚早という結論に達した。

異議を唱える清田に、真壁は子どもを諭すように説明した。

「まずは喜べ。代理も一課長も、部長のお手柄だって認めてる。つまりは山城圭吾の作品と殺人者との関係を重視して、捜査を行うって点は一致した」

「じゃあなんで、山城を引っ張らないんですか？」

「だからぁ」短くため息を吐く。「時期尚早……いずれは引っ張るって」

「だからなんで、時期尚早なんだよ」清田の憤りはおさまらない。「田口さん一家だけじゃない。船越家も原家も、山城は無関係じゃないんだぞ」

「理由のひとつはな」真壁は忍耐強く説明した。「部長が思う以上に、山城圭吾は世間では有名だからだ。あの気持ち悪いマンガ、ベストセラーだぞ」

「辺見の件もあるからでしょ」

真壁の表情が即座にくもる。

「まあ……そうだ」

神奈川県警上層部は本気で、辺見敦無罪の可能性を検討しはじめたようだ。そうなれば船越家の捜査がふり出しに戻るどころか、県警に対する世間の批判ははかりしれない。そのうえ、また無実の人間を拘束したとなれば、一課長や刑事部長どころか、本部長の更迭すらありうる事態になるのだ。

「だけど山城は、被疑者なのに被疑者としてじゃない、あくまで参考人として話を聞くんだぜ。そのくらいなら世間も許すだろう」興奮した清田は、ため口どころか後輩を叱るような口調になっていた。

「だからさっき言ったろ。山城先生は有名人だ。週刊誌にでも嗅ぎつけられてみな。マスコミは絶対、被疑者あつかいするだろ。そのうえで、はい、事件とのかかわりはございませんでしたってウチが言ってみ？　勝手に被疑者呼ばわりしたマスコミが、今度は全部こっちのせいだって攻め立てる」自嘲気味に笑った。「たまんねえよ」

「じゃあ、おれらなにをするんですか」

「中隊全員で山城の行確をし、しかるべきときに引っ張る」

「しかるべきときって、いつ？」

「中隊長によると、最低二週間だって」

渋面をつくって、立ち上がった。これでは、さらなる殺しが起こる。子どもっぽ

いとわかっていたが、反抗的な態度でそれを示したかった。

30　「なんでだよ」

今週号の『34』の最終ページの隣に告知が載っていた。

『34』休載のお知らせ

いつも『34』をご愛読いただき、ありがとうございます。

誠に勝手ながら、山城圭吾氏の都合により『34』は当分の間、休載させていただきます。毎週、楽しみにお待ちいただいている読者の皆様にはご迷惑をおかけいたしますが、なるべく近いうちに、必ずや連載を再開することをお約束いたします。

週刊ライジングサン編集長　加藤辰雄

山城圭吾氏より
「『34』を最後まで描き切りたい！　その強い思いは変わりません。ですが、今は事情があって、編集部の方々に休ませていただくことを了解してもらいました。読者の皆さん、本当にごめんなさい。」

「なんでだよ」

最初は目を疑った。だが記事を読んで事実だとわかり、手にした『ライジングサン』を握りつぶした。

山城先生の出した困難なミッションを文句も言わずクリアし、どうにかシッポを出さずに逃げおおせたのだ。ここまで努力しているのに、当の山城先生はどういうつもりだ。

理性でおさえていた憤怒(ふんぬ)が、ふつふつと沸き上がった。彼は決心した。いまこそ、山城を超えるべきときだ。ダガーが実在することを、世間に知らしめるのだ。

まあいい。彼は心を平静に戻した。

どうせ次に狙う標的は決まっているのだ。そのための準備は、着々と整えていた。マンガでいえば、張りめぐらした伏線のひとつの回収だ。

標的は山城圭吾本人だった。

あの男に、心底からの恐怖を味わわせてやるのだ。

31 「ナイショナイショ」

自宅マンションに引きこもり、なにもせず、なにもできず、山城は日々を送っていた。『34』を執筆しなくていいのはほっとしたが、これほど心の中に恐怖が浸み込んでくるとは思わなかった。電話が来ると身体がふるえ、インターホンが鳴ると、耳をふさいだ。

おれはこんなにも臆病だったのか。

ふいに、船越家の殺人現場がフラッシュバックした。

自分がいかに死を恐れているか、思い知った日だ。

だが今日だけは、あかるい自分を演じなければならない。実家に帰るのだ。両親には心配をかけたくない。それから綾だ。今日は彼女が主役だ。絶対に自分の心中を悟られたくないと思った。

インターネットでタクシーを予約し、玄関前に着いたという連絡を受けてから、エレベーターで降りた。外に出たのは一週間ぶりで、前回出たときも近くのコンビニで買い物をし、猛ダッシュで帰宅した。

山城は玄関から外に出ると、慎重に周囲に目をやった。両角の姿はない。

西戸塚から実家までは、少しだけ緊張感を解くことができた。さすがに両角も追ってこられないだろう。

家の前ぎりぎりで、タクシーを降車した。

門を開けた。笑顔、笑顔、と自分に言い聞かせる。

「ただいま」ドアを開けた。

返事がない。

めずらしく、家中に音楽が流れていたからだ。

「ただいまぁ」大声で言った。

客間のドアが開き、綾が顔を出した。

「あ、ごめん。気がつかなくて」

廊下の奥、キッチンのほうから母も笑顔で現れた。

「あ、お帰りぃ」式台に腰かけてスニーカーを脱ぐ山城に、母が言った。「綾のカレシ、器用な子でね。いま、キッチンで魚さばいてるのよ」

笑顔、笑顔、お題目のように心の中で唱え、上がり框(がまち)に並んだスリッパを履いた。

「綾、早く紹介しろよ」

「わかったよ。けどカレシというより、まだカレシみたいなもんだからね」

「どうでもいいよ」

綾が先に立って、廊下を歩いた。山城はついていった。そのうしろに母がいた。

歩きながら山城は、流れている曲に聞きおぼえがあることに気づいた。

これ……なんだったっけ？

綾がキッチンのドアを開けると、食卓に皿を並べる父の姿が目に入った。

「おお、圭吾」満面の笑みだった。

向こうの流し台の前に、ひとりの男が立っていた。まな板に乗せた鯛を、見事な包丁さばきでおろしている。

「あれがカレ」綾は男を指さし、山城のうしろにまわった。

山城は男を注視した。

髪の毛をピンクに染めていた。華奢な体型だった。

そのとき、流れている曲の正体に気づいた。

あの曲だ。あのとき……船越家でかかっていた大音声のオペラ！

「これ、『ミカド』っていうオペラなんだって。カレ、これが大好きなの」うしろで、綾の声がした。

男が笑顔でふり向いた。

「ちはぁ、圭吾さん、マンガ読んでます。大ファンです」

よく通る声に人工的な笑顔だった。

両角だ。

「あんた、いったい……」絶句した。いとも簡単に、こいつは家に入り込んだのだ。

両角の手には、出刃包丁が握られていた。いますぐにでも、殺戮がはじまる。

恐怖を……恐怖を克服せねば！

「こっちに来て」父の肩をつかみ、強引に自分のうしろに導いた。

「な、なんだよ」事情を知らない父が、抗議した。

山城は身がまえた。最初に殺されるのは自分、と覚悟したからだ。

「あれ？　どっかで会ったことありました？」

穏やかな声、意外な質問に山城は戸惑った。

「ええ～、知り合い？」

ふたりのあいだの妙な雰囲気に気づいたのか、綾がおどけた声で叫んだ。

「あの居酒屋っていうか、パブ？　あそこで去年かな、会ってないですか」

「え、両角さん、〝13番地〟に行ったことあるの」

山城は言葉が出ない。先ほど消した恐怖が、またよみがえる。

両角は笑った。「あそこで話したことはナイショよ。ご家族の前じゃヤバイっしょ」

「えー、なに？　なに？　なに話したの」綾が山城の前に出た。「元カノとかの話とかなら、あたし平気だよ」

「ナイショナイショ」

両角は前を向き、再びまな板の鯛に視線を向けた。信じられないくらい、たくみな包丁さばきだった。

「ねえ、本職みたく上手だと思わない」

その隙に山城は、食卓にセットされたナイフをつかんだ。

「おい圭吾、おまえ、なにやってんだ」父は山城の行動と態度に困惑している。

「両角さんすいませんねえ。圭吾、忙しくて疲れてるみたいで」

両角はゆっくりふり向き、冷たい視線を浴びせた。

「忙しいわけないじゃない。マンガ、休んでんのにさあ」あきらかに、山城を責めていた。

「帰れ！」山城は叫んだ。

「おい、冗談にしちゃきついぞ」父はあわてていた。

両角は愛想よさそうな顔のまま、ゆっくり出刃包丁を置いた。

「すいません。ぼくが悪いんです」

「両角さん、なに言ってんの。圭吾、あやまって」母も訳がわからず、パニック寸前のようだ。山城が無言なので、頭を下げる。「ごめんね。この子、どうしちゃったのか」

「いや、実はぼく、あんとき酔ってて、ものすごぉくひどいことっていうかぁ、怖いこと言っちゃったんです。圭吾さん、まだ怒ってるの当然ですよ」

この男はふたりだけにしかわからない方法で、自分をいたぶっている。

「それにしたって……」あくまで、母はとりなそうとする。

「そうだよね。圭吾さんもそろそろおさめてくださいよ。前にも言ったけどぼくだってさ、あのマンガ、圭吾さんが描かなければ、二回こっきりでやめてたかもしんないんだから」

広島の駅での告白のむし返しだ。

山城はナイフをかまえ、両角を睨みつけたままでいた。やがて恐怖は怒りへと変わり、怒りは殺意を育てた。いまなら殺せる。かかってこい、と本気で思った。

両角はため息をついた。

「だから、お互いさまですよ。先生もマンガで大勢の人を殺して楽しんだんだ。ぼくだってそれを体験していいじゃないですか」

「え？　なんの話よ？」綾はあくまで、ふたりの会話を理解しようとしている。

「おれ、楽しんでなんかいない」もういい。自分から襲いかかろうかと思案した。

「楽しんでるよ」両角は否定した。

「楽しんでなんかいない！」

両角はにやにやしたまま、微動だにしない。

山城は自分が軽蔑されているように感じて、さらに腹が立った。綾をもてあそび、両親まで巻き込んだこいつを、本気で殺してやりたい！

「山城先生は夢かなえたじゃない。ぼくの夢はどうよ？　ぼくの夢はあんたじゃない」

困惑した。両角はいったい、なにを言おうとしているのか？

ナイフをふりかざして、飛びかかろうとした瞬間だった。

「ぼく、帰ります」急に殊勝な顔になり、両角はこちらに近づいた。「綾ちゃんごめん。おとうさんおかあさん、すみません」

山城の前を笑顔で通りすぎた。

綾にうなずき、両親に頭を下げ、四人に背を向けた。

山城は両角の背中を追った。油断はできない。

「圭吾、馬鹿！　頭おかしくなったの」母が怒鳴った。

「圭吾……」そこまで言って、父は絶句した。

「なんなの、いったい……」冷静になろうと必死だった綾が、ついに崩れた。半泣きの状態になった。

両角はゆうゆうと式台にすわり、靴を履きはじめた。

いまなら刺せる！

両角はその殺気にふり向いた。

ぎくりとして、ナイフを下げる。

「いつまでも『34』休んでるなら、おれ、勝手に再開しちゃうからね」

死体が笑っているような顔だった。

「なにを言いたいんだ？」

「そうなったらさ、先生がぼくの真似っこするわけ？」

山城は思考停止状態に陥った。

両角はゆっくり立ち上がる。

「じゃあ山城先生、またね」

両角はドアを開けて外に出て、ゆっくりドアを閉めた。

脱力状態のまま、山城はその場に立っていた。

「どういうことなの」

ふり向くと、目に涙を溜めた綾がいる。

「ねえ、あんたと両角さんのあいだに、なにがあったの？」少し冷静さを取り戻した母が尋ねた。

「圭吾、ほんと、大丈夫か」父は本気で心配している。

山城は深呼吸した。

「おれ、みんなにどうあやまったらいいか……全部話すよ」

今日ではなかったが、両角の次の標的はこの家だ。守らなくてはならない。まずいかに自分がまちがっていたか、みんなの前で告白すべきときだ。

32 「そいつだよ」

山城がマンションから出てタクシーに乗り込んだときは、今日こそシッポを出すかもしれないとおおいに期待した。しかし向かった先が実家とわかり、ああ、今日もなにもないなと失望した。

『34』の休載記事を読んだときは、少なからず驚いた。山城の身辺、あるいは心境になにか変化があったのだ。だから余計に解決に向け、画期的な進展のあることを期待した。

山城家から死角になる位置に車を停め、清田と真壁はひたすら監視をつづけた。

清田が小休止のため真壁を車に残し、近所をひとまわりしていたときだった。山城家の玄関が開き、ピンクの髪のその男が出て来るのを目撃したのだ。

目にした瞬間、息をすることを忘れた。

幸運にも坂の上にいたので、ピンクの髪の男は清田に気づくことなく、速足で横浜橋の方向に下っていった。

男の背中から目を逸らさないようにして、携帯で真壁を呼び出した。

「いま、山城の実家から出て来たピンク色の髪の男……車の横通過したでしょ？　いまから自分、その男を行確します……だれかもうひとり、応援つけてくれないか」

「若いにいちゃんだろ？　いま通ったけど、なんだ？」

「顔見なかったのかよ？　そいつだよ。そいつが、ダガーのそっくりさんの実行犯だよ」

脳裏に、〝パブ13番地〟の壁に貼られたコースターの似顔絵が浮かんだ。

その男が山城の家から、突然現れたのだ。興奮を抑えられなかった。ついに本命の被疑者が現れたのだ。

清田は念のため、山城一家が無事かどうか確認するよう頼んでから、尾行を開始した。

行確のパートナーは浅野だった。清田は徒歩でマル対を尾行し、浅野が車で追った。

坂の途中で、清田の携帯がふるえた。石原からだった。山城家は全員無事、という報告に胸をなでおろす。

マル対は中村川をわたり、地下鉄の阪東橋駅も通りすぎた。どこに行くのだろうか。うまくいけば、アジトがわかる。

大岡川を越したとき、マル対が黄金町駅の高架を見上げた。おそらく京浜急行を利用しようとしているのだ。

マル対は改札を抜け、駅構内に入って行った。清田は携帯で浅野に状況を伝え、小走りにあとを追った。

マル対は下りホームの階段を上っていた。少し待ってから、清田もつづいた。

ホームに出ると、どこにいるか探した。ピンクの髪はいい目印だ。進行方向に、マル対を発見した。

ゆっくりマル対との距離を詰めていると、普通列車が到着した。

ドアが開き姿を消すのを確認してから、急いで隣のドアから乗り込んだ。

車内はさほど混んでいない。たいていの乗客はスペースを空け、ゆったりとすわっていた。立っている人は少ない。

マル対の位置を、目だけを動かして確認した。ドアの近くの吊り革につかまり、窓の外を眺めているのが見えた。年齢不詳、端整な顔。華奢な体型だ。あんなきれいな青年が、どうやって人を刺し殺すのだろうか？　だがまちがいなく、こいつがホンボシだ。

電車が隣の南太田駅に到着した。

マル対に動きはない。窓の外の、おもしろ味のない景色を見つめている。

アナウンスが聞こえ、ドアが閉まりかけた。

突然、マル対が動いた。

ドアの前にさっと移動し、閉まるドアに正拳突きのように腕を伸ばした。

腕がドアにはさまると、センサーが起動し、扉が自動的に開いた。

危険をいさめるアナウンスを無視して、マル対はホームに走り出た。

清田もあとを追おうとしたが、無情にもドアは閉まってしまった。

マル対は行確に気づいていたのだ。

電車が走りはじめる。清田は携帯を取り出し、浅野に電話した。

「いま、どこよ……南太田を出たとこ？」近くの客が車内での通話を責める視線を送っていたが、清田は無視した。「マル対にしてやられた。やつはいま、南太田駅のホームにいる。至急、駅に戻って、上りホームに行ってくれ。まだいるかもしれない」

南太田駅から外に出た可能性もあるが、マル対は想像以上に用心深い。行確者は複数おり、最低ひとりは車で追尾することを知っているはずだ。駅を出れば、また別の追っ手にマークされる。だったら次に来る列車に乗るか、上り電車に乗り換える可能性が高いと踏んだのだ。

井土ヶ谷駅に到着したのでホームに降りた。真壁に電話して、行確が失敗したことを詫びた。

「ありゃりゃ、部長を撒くとはただ者じゃねえな」真壁は冗談で返した。「あとな、山城が外に出たんでこっちも移動する。部長はどうする？」

「次か次の電車にマル対が乗ってる可能性があるんで、しばらくここにいます」

ほぼムダ足なことはわかっていた。マル対は頭がいい。うまく姿をくらますことに成功しただろう。

あの男が実行犯なら、拘束には時間がかかる。もしかしたら、永久に逃げおおせるかもしれない。

方法はひとつだ。

山城をつかって罠を張れないだろうか。だがそれは、とても危険な賭けだし、警察の倫理を逸脱した行為だった。

33 「黙っていたこと」

山城は父と母、綾にすべてを話し、それから詫びた。

犯人隠避や共犯関係にも問われかねない行いだし、なにより道徳的に許されないことだと父は冷静に指摘し、すぐに『34』の連載をやめるよう山城に忠告した。

一方の母は、恐怖から起こしたあやまちなのであり、しかたのないことだったと山城を弁護した。

一番心配した綾は意外に落ち着いた態度で、両角とはそこまで深い関係ではなかったし、でも魅力のある男だったと感想を述べ、傷ついたことより、自分を利用したことが許せないと言った。最後に、「あたし、やっぱ男見る目ないわ。だからしばらくこの家いるからね」と、冗談も忘れなかった。

山城が一番申し訳なく思ったことは、あの危険な男の次の標的が自分と家族だということだった。

ところが三人は、恐怖より怒りを感じ、山城を責めるより世間に対する責任感を重要視した。山城が警察にすべて話すのだから、自分らも全面的に捜査に協力し、両角逮捕のため危険を冒すこともいとわないと言い合うのだった。

これで山城は、逮捕も、社会的糾弾にも覚悟ができた。

「一番申し訳ないのはな、あのマンガを読んで、おまえを応援してくれたファンにだよ」

父の意見は的を射ていた。

「その点は、あやまってもあやまりきれない。おれがマンガ家をやめることで、許してもらうしかない」

よほど悲痛な叫びに聞こえたのだろう。三人はそれ以上、なにも言わなかった。

「しかし、ま、よその家族が狙われるよりましか」父が笑った。

「責任があるしね」母が言った。

「それはしょうがないけどさあ」綾が言った。「圭吾はパパになるんだろ？　だったら夏美にも話してお詫びしないと」

綾の言うことはもっともだった。山城は「大切な話があるから会いたいんだけど」と夏美に電話し、すぐに家を出た。

港南区の夏美のアパートまで、タクシーで三十分かかった。場所は、彼女の母親に聞いて知っていた。

二階建て、ツーバイフォー工法の真新しいアパートだった。山城は外階段を駆け上り、廊下を歩き、夏美の部屋のインターホンを押した。ドアアイで確認したのだろう。ゆっくりドアが開き、夏美が現れた。

「どうしたの？　話って」山城を部屋に招き入れた。

山城は靴も脱がず、玄関の土間で言った。「子どもが生まれるとき、おれ、夏美を助けられないかもしれない」

「なに？」

「黙っていたことがある」

「黙ってたことって？」

「おれ、人殺しを助けたんだ……だから、いまから警察に行く」

夏美の顔が青ざめた。

「なに？　なに言ってるの？」

「その前に全部、夏美に話したい」

夏美は緊張して、耳をかたむけた。

「おれが目撃した殺人事件の現場……そこでおれになにがあったか、そのあとどうやって『34』を思いついたか」

夏美はじっと、山城の目を見た。

34

「34　三」

浅野は南太田駅構内で、ピンク色の髪のマル対を見つけることができなかった。清田のほうも井土ヶ谷で上り電車三本、下り三本をチェックしたが、発見にはいたらなかった。

相手を甘く見たことを反省しながら、浅野のいる南太田駅に戻るため上り電車に乗った。次に打つ手はマル対が乗った可能性のある電車の時刻を念頭に、各駅の防犯カメラの映像からどこで降車したか調べる方法だったが、時間と人手が必要だし、特別捜査本部が突然山城の家から出て来た男のことを容易に被疑者と認めるとも思えなかった。

残された手は、山城本人だ。

南太田駅で降り、駅近くの路上に停まった浅野の車に乗った。助手席から真壁に電話し、山城がいまどこにいるか確認した。

「山城、いま港南区にいる」真壁が言った。

「なんで？」

「わかんねえ。なんか、アパートの二階にだれかいるみたい」

「だれよ？」清田は意気込んだ。「ひょっとして……」

　真壁ののんびりした声が聞こえた。「おれもさ、部長を出し抜いたピンク頭のマル対んチじゃねえかと思ってよ。あわてて石原部長に探らせたのよ」

　階段の横の郵便受けには名前がなかった。二階に上がって、部屋のドアの前まで行ったが、廊下に面した窓が少し開いていた。山城と女の話し声が聞こえた。

「女か……」

「だな」

　行確をつづけたが、これまで山城に異性の影はなかった。大村も独身だと言っていたし、もともと女性に興味がないのかと思っていた。

　だが清田は、〝パブ13番地〟のマスターの言葉を思い出した。

「いや、むかしはね……それこそアシスタントのころはね、親父さんとかカノジョなんかとよく来てくれたけどね。売れっ子になってからははじめて……」

　山城の女性関係を聞いたのは、あのときだけだった。

「そこ、もとカノの家じゃねえか？」

「もとでもいまでも、山城先生にカノジョがいたのか」真壁は笑った。「まあ、あの容姿でカネ持ってるんだから、女にモテて不思議じゃねえもんな」

「ところで自分、山城に電話していいですか?」

「ええっ?」

「例のマル対と山城の関係、直接聞こうかと思って……ていうか、それ以外、手がないでしょう」

許可を取り、電話を切った。山城の電話番号を画面に出した。

ボタンを押そうとした途端、電話が鳴った。

驚いたことに、山城からだった。聞いてもらいたいことがあるという。


山城圭吾を重要参考人として特別捜査本部に連れて行こうと意気込んでいたのだが、相手のほうから会いたいという電話があったのだ。臨機応変、清田は西戸塚にある山城の自宅兼仕事場で、真壁班長といっしょに会うことにした。

「事情聴取は部長に任す」

高層マンションのロビーで、真壁が言った。

時間は夜の十時。リビングでソファにすわり、山城と向き合った。

顔を見て、すぐ気づいた。表情がすっきりしている。まるで憑きものが落ちたみたいだ。

「こちらも、うかがいたいことがいっぱいあるんですが……」はやる気持ちをおさえて、ゆっくり話をした。「まずは、山城さんのほうからどうぞ」

山城は早口で話しはじめた。

「ほんとはおれ、見たんです。船越さんの家で、犯人を」

途中、質問を差しはさむ隙もなかった。山城は一気に秘密を打ち明けた。

船越一家のテーブルにもうひとり、男がすわっていたこと。

その男の顔を一瞬、見たには見たが、恐怖からか思い出せず、清田たちにウソの証言をしてしまったこと。

辺見逮捕後、テーブルにいた男の顔を思い出してマンガに登場させたが、マスコミ報道を信じていたので、真犯人とは思わなかったこと。

『34』などまるで頭になかったころ、一度その男と〝パブ13番地〟で会い、急に自分が恐ろしいことに手を染めていたと自覚したこと。

それでも恐怖に打ち勝てず、警察になにも言えなかったこと。

男から電話を受け、天井から出て来た包丁の伏線をどう回収するか教えられたこと。

そのタネ明かしがあまりに秀逸で、ついつい『34』につかってしまったこと。

「もう連載をやめるべきだってことはわかっていたんです。でももうしばらくこのまでいたい、この景色を見ていたい……もう少し、あと少しって思っているうちに、とんでもないことになってしまいました」

実家に届いた手紙から、男が昨年十二月、広島でも人を殺していたことがわかったこと。

そこで山城は目がさめたそうだ。しかし取り返しのつかない状況になっていた。それでも『34』の中に生き残った少女を登場させ、殺人を思いとどまらせようと思った。しかし男は簡単にやってのけた。

とうとう姉のカレシとして実家にまでその男が現れたとき、もはや警察に助けを求めるしかなくなった。

話を聞き終えた清田は、山城がほぼ真実を語っていると思った。辻褄は合っている。ただ保身のため、自分に都合のいいように事実を解釈しているのも事実だった。

「もし自分とはじめて会ったとき、ホシの顔を見たって山城さんが言ってくれてたら、さらに八人も犠牲者が出たりしなかったってことはわかってるよね」

「わかってます」

「そのあともだよ」怒りはおさまらなかった。「山城さんには何度も何度も、警察に告白するチャンスがあった。一度でもしてくれていたら、こちらも捜査方針を明確に決められて、たぶんもう、そいつは捕まっている」

「申し訳ないと思っています」

毅然とした態度に、清田はさらに腹が立った。

「人が次々死んでも、自分の名声とカネのために口をつぐんでおいて、家族が狙われたら警察に泣きつく？」わざと傷つけようとする自分がいた。「ずいぶん自分勝手で、甘いと思いませんか」

「おい、清田部長」真壁が止めに入った。

「いいんです」山城は真壁を制し、清田に目を戻した。「そう思います」

清田は深くため息をついた。もう言いたいことは言った。

「両角って名乗ってるんですね、その男」メモを取った。

「はい」

「船越家以外で、計何回会ったたって？」

「〝13番地〟で一回、広島で一回、実家で一回……三回です。それから電話は二回」

「両角は、おねえさんのカレシとして現れたんですよねえ。おねえさん、両角の電話番号を知ってるんですか」

「家族に全部打ち明けたあと、綾が……いえ、姉は両角に電話しました。でもその番号、何度電話してもつながらなくなってました」

「家は？　おねえさん、両角の住まいには行ったことあるの」

「ないそうです」

「山城さんには？　また連絡してくると思う？」

「してくると思います」自信があるようだった。

「どうしてわかるの？」

「わかるからです」清田の目を、まともに見た。「つまり両角はおれの……ていうか『34』の、共同制作者気取りだからです」

「作品のパートナーってわけ？」不謹慎だと思ったが、笑みがこぼれた。「そうとも言えるよね……伏線回収のアイデアをくれて、山城さんがそれをつかっちゃったんだから」

真壁がまた、たしなめるように清田を見た。

山城は唇を噛み、無言でうなずいた。

「でもさ……」一番興味のある質問だった。「山城さんとその両角って男……そもそもどうして、そういう関係になったの？」

「キャラクターです」

「キャラクター？」

隣にすわる真壁も興味があるらしく、身を乗り出した。

「……理解してもらえるかどうかわからないけど、おれ、マンガの才能がまるでないんです。特にリアリティのある悪人が描けなくて、それが致命的だったんです」

清田の中に、少しだけ同情心が湧いた。マンガ家というのは、作品のために自分自身を切り売りし、自己嫌悪に陥り、消耗していく仕事なのかもしれない。常識がなくなり、狂気の世界に落ちていくのもめずらしくないのだろう。

特に両角という、とっておきの狂気を目の前にしたのなら……。

「でも船越さんの家であいつと目が合ったとき、あいつがおれの中に入って、おれがあいつに入って……生まれてはじめてすごいキャラクターが浮かんだんです。でも、やっぱりおれはふつうのやつです」目を伏せた。「もう耐えられない……だから編集部に無理を言って、『34』を休載したんです」

沈黙が流れた。

「山城さんの行動……どういう罪に当たるか警察官のおれが決める立場にはないけどさ、共同正犯はまあ成立しないとしても、教唆とか、ほう助とか、そういう罪に該当するんじゃないかって思う。きっと検察は、あなたの罪を問うよ」

「当然だと思います」山城は言葉を噛みしめるように言った。「取れる責任は取ります」

「おい、その話は軽々しくするな」真壁が割って入った。

もうひと押しだったので、清田は聞こえないふりをした。

「でもね、山城さんが犯人逮捕に協力してくれたら話は別だよ」

「おい、やめろって」真壁がまた警告した。司法取引めいた協力要請は、警官なら慎むべきだからだ。

「おれも協力しようと思って、清田さんを呼んだんです」

「どういう協力ができる？」

「清田部長、だからその質問はない！」真壁がクギを刺した。「山城さんの行動は問題はあったけど、この人はあくまで被害者だぞ」

「いいんです」なにか決意した顔だった。「両角は神出鬼没で、たぶんおれとしかつながりがありません。だったらおれが、少々危険を冒してもなんかするしかない」

真壁が首をふった。

「山城さんの家族は守る」清田は言った。「外はもちろん、家の中にも警察官入れてもいいかな？」

「お願いします」

「けど……そうなると両角は勘づいて、山城さんの実家には来ないかもしれないよね」

「おれもそう思います」

「おい、部長……それに山城さんも、いったいなんの話をしてる？」

　もう少しだと思った。山城のほうから、こちらの望む提案を引き出すのだ。

「山城さんと両角とのつながりは、『34』ってマンガを通してだよね」巧妙に罠を張った。「つまり考えようによっちゃ、両角は『34』の展開に拘束されてるわけだ。それって、山城さんがあいつをコントロールできるってことじゃないの」

　自分が投げたボールを受け取ってくれるか、反応を見た。山城は下を向き、なにか考えているようだった。

　山城が顔を上げた。

「『34』の連載を再開して、あいつをおびき出します」

　内心、しめたとほくそ笑んだ。どう考えてもそれ以外、両角を捕まえる方法はないと思っていたからだ。

「おびきよせる？」真壁が怪訝な顔をした。「おいおいおい、いくらなんでも一般市民に……そりゃないよ。第一許可が下りねえよ」

「とても危険なことだよ」清田は表面上、真壁の懸念を受けたような口ぶりで言った。「それに、山城さんのご家族の同意もいる」

「わかってます……大丈夫です」きわめて冷静な口調だった。

「なあ、マンガでおびき出すってどうやるんだよ」

また真壁の質問を無視した。いま話すべき相手は山城だけだ。

「ほんとにわかってる?」清田が確認した。

「危険なんてどうでもいいんです。おれはいま、両角に対して怒りしかない。家族を狙ってあいつがやったこと……あいつなんかより、おれのほうが怒っています」

「殺してやりたいって感じ?」

清田の質問に、真壁は驚いた顔をした。

「はい……そのくらいの怒りを抱えています」

「どっちがダガーかわからないですね」

山城は目を伏せた。

「もうやめやめ!」あまりに危険すぎる話をしていることを、真壁は察知したようだ。

「じゃあさ……ちょっと関係ない質問していいですか」清田は話題を変えた。

真壁がため息をついた。

「どうぞ」山城が言った。

「マンガの……つまり『34』のダガーは何者なの? 人を殺しつづける彼の動機、もう考えてるの?」

マンガのストーリーは必ずしも最後まで考えているわけではない、という大村の言葉から出た質問だった。

「史上最初の殺人事件って、なんだか知ってますか」逆に質問が返って来た。

「え……」

「聖書に出てくる『カインとアベル』の物語ですよ」

「カインと……アベル」真壁が口をはさんだ。「聞いたことあるな」

「神がつくった最初のカップル……アダムとイヴの子どもです」

知恵の果実を食べて神の怒りを買い、エデンの園を追われたあとの物語だ。アダムとイヴは、ふたりの男の子を授かった。兄をカイン、弟をアベルと名づけた。

兄弟は成長し、カインは農民に、アベルは羊飼いになった。ある日ふたりは、おのおの収穫物を神にささげようと考えた。だが神はアベルの供物(くもつ)だけを受け取り、カインのささげものには目も留めなかった。

嫉妬したカインは、アベルを荒野に誘い出して殺害した。

これが人類最初の殺人事件と言われている、と山城は解説した。

「おれはこの物語を、こう解釈しました」作品を語る山城は、先ほどと打って変わって楽しそうだった。「カインは人を殺したくてしかたのない……つまり殺人衝動を持つ人類の代表です。一方には、他人が殺されるくらいなら、自分を犠牲に差し出す人類の代表がいます」

「それがアベル?」清田はなんとなく理解できた。

「つまり……ダガーはカインの末裔で、超能力者の水トがアベルの血を引く者なんです」山城はふたりが理解したかどうか気にしていないらしく、話しつづけた。

「だから『34』の最終回は、水トの犠牲でダガーが捕まるって話になる予定でした。もちろんダガーが捕られわれると、第二のダガーが現れるかな? みたいな後日談を入れるつもりで」

「殺人衝動は、人類の半分にあるから……?」清田は笑った。「山城先生、やっぱ才能あるよ」

「いえ、いままでの話を聞いたらわかるでしょ」山城は首をひねった。「おれがどのくらい両角ってやつに感化されて、マンガを描いていたかってことが……」

「なんであそこまで、山城さんを挑発した?」

マンションを出た途端、つかみかからんばかりの剣幕で真壁が清田に食ってかかった。

「殺人鬼を捕まえたいからだよ」

「おれは部長を見そこなったよ」吐き捨てるように言い、先に立って歩きはじめた。

いつもの何百倍も、真壁が怒っているのがわかった。

「部長が山城になにをさせようとしているのか……おれがわからないと思うのかよ」

清田は答えなかった。

「部長がやらせようとしてることは、警察官としてあるまじき行為だぞ」

ばれていたようだ。

「おれ、清田部長はすっごい正義感の持ち主だと思っていたよ……でも、そういう人間じゃなかったんだな」

清田は真壁班長を見た。その顔には失望の色が見て取れた。

「さっき山城の前で、班長を無視したのは悪かったよ。でもおれの話も聞いてよ。その方法しか、両角を捕まえることはできないと思わないか」

真壁は答えなかった。内心ではそれしかないことはわかっているのだ。しかし警察官として、それをしてはならないと断固として考えている。

「まず部長が山城にした提案」真壁は言った。「おまえが危険を顧みず警察に協力したら、罪を検事には申告しないでおいてやるって意味だろ」

そのとおりだった。

「つまり、こういうことだろ。助けてやるからオトリになれ」

清田はうなずいた。

「いくら山城に責任があるからって、そりゃムチャクチャだよ。山城の家族には、なんの罪もないんだぞ」

「わかってるよ」そこを指摘されると、反論できなかった。

真壁は立ち止まってふり向いた。「部長さあ……」

清田は真壁と向き合った。

「幸せな四人家族をホンボシがなぜ狙うか理解できるみたいだからさ。部長にしか両角ってやつは捕まえられないと思ってたよ……すげぇ執念っていうか怒りを感じたからな」

真壁は顔を近づけた。「でもその怒り、両角に対してじゃないんじゃねえの」

返す言葉がなかった。認めたくないが、図星を突かれたような気がした。

「部長の怒りが向いてるのは、両角より山城にだよ。罰したいのも、山城のほうじゃねえのか」

その言葉は、清田の心に突き刺さった。

「どういう基準か知らないけどさ……殺人鬼より、その殺人を見逃して悪魔に魂売ったやつのほうが許せないんだよ」

そのとき、清田の中で答えが出た。たぶんおれは、幸せな四人家族の山城に嫉妬しているのだ。

「おれも心ん中じゃあ、両角とケリをつけるには、山城に協力してもらうしかないってわかってる」

「じゃあ、自分の作戦を……」真壁がそのことを口に出したことに驚いた。

「作戦？」真壁は苦笑した。「こんな荒唐無稽でヤバイ計画、どうせ中隊長や代理が承認するはずがねえよ」

「言うだけ言ってみてくれませんか」

首を縦にふった。「ただなあ、おれとしては一般市民にそんな危険な真似をさせる前に、なんとか両角を捕まえようと思う」

そこに刑事としての誇りを見た思いがして、清田は少し自分を恥じた。

ふたりは中区海岸通りにある県警本部に帰庁した。舟木中隊長に重要な話があると告げると、中隊長は小さなブースに奥村代理も呼んでくれた。

真壁班長が山城圭吾から聞いた話を報告すると、ふたりの顔色が変わった。両角こそ、追うべき第一被疑者だと確信したからだろう。

それから真壁が、山城が自分のほうからオトリになることを提案してきたと話すと、ふたりとも腕を組み、眉間に皺を寄せた。

山城に責任があるとしても、そりゃ危険すぎないか、という意見なのだ。

「じゃあほかに、ホンボシを確保する手段があるんですか」

遠慮のない清田の問いに、奥村代理はプライドを傷つけられた顔で睨んだ。

「しかしこれ、罠になるのかなあ」舟木中隊長も首をかしげた。「その『34』ってマンガ？　それを読んだらホンボシ、見え見えの罠だと見破って、逆に襲ってこないんじゃないか」

「それとまだ発表はされてないが……ふたりには言っとく」奥村代理が小声で言った。「原さんご一家の自家用車の中から見つかった包丁の件、検察に報告したらな。検事さんの側が辺見敦がホンボシかどうか悩みだしてな。結局、嫌疑不十分で釈放する決定を下したようだ」

「よかったじゃないですか」心底からそう思った。

「でもなあ」舟木が渋い顔をした。「そうなると両角、捜査が自分に向いたと勘づいて、潜っちゃうんじゃないか」

「それはありうる話だな」

代理と中隊長が罠に消極的なので、清田は再び説得に乗り出した。

「『巨人の星』ってマンガ、知ってますか」

無関係で、ぶっ飛んだ質問に思えたのだろう。えっという顔で三人とも清田を見た。

「なに、それ？」真壁はキョトンとした顔だ。

「五十年前のマンガですからね。知らなくて当然ですよ」清田が苦笑した。

「聞いたことあるよ。おれは齢だからよ」奥村が言った。「十歳上に兄がいてな。子どものころ、一番燃えたマンガだって言って、『巨人の星』を挙げてたの思い出したよ……それがどうした？」

「余計な疑問だけど……部長は若いのに、なんでそのマンガ知ってるの？」真壁が聞いた。

「おれ、祖母んチで育ったんですけどね。父が読んだマンガ本が大量に残ってましてね。その中で一番読んだらしく、ボロボロになってた本が『巨人の星』全巻だったんです」

「だからそのマンガが、いまの話とどう関係があるんだ」舟木中隊長が急かすように問うた。

清田はまず簡単に、作品の説明をした。

『巨人の星』とは、『少年マガジン』で一九六六年から五年間連載された作品だ。原作は梶原一騎、作画は川崎のぼる。当時一番売れっ子のコンビによる作品だけに、連載中は大人気を博し、国民だれもが知るマンガになった。

「主人公は星飛雄馬って言いましてね。針の目をも通すコントロール技術で、魔球をあやつるんです」

「魔球ねえ……」真壁があきれ顔で言った。

「最初の魔球は、大リーグボール1号って言いましてね。バッターがどうバットをふるかをあらかじめ予測して、そのバットのですね、ヒットが出ない部分にボールを命中させて、凡打にしちゃう球なんです」

「それがバッターに事前にわかってるんなら、バッターのほうもふり方を土壇場で変えるんじゃねえの」真壁がからかった。

「鋭い！」清田は叫んだ。「ライバルのひとりが思いついたのがその手だったんですけど、その方法だと手首や筋肉に負担がかかりすぎて、仮にホームランを打っても、何ゲームも休まなくてはならなくなっちゃう」

よくわからないようだったが、三人はうなずいた。

「で、もうひとりのライバルが特訓したのが、だれよりも完璧で速いスイング……見えないスイングってやつの獲得でした。つまりどこにどうボールを投げても、絶対ホームランになる完璧なスイング。だから飛雄馬はわかっていても、ホームランになるコースに投げざるをえなくなっちゃったわけです」

「部長がなにを言いたいか、わかったよ」

わかったのは、清田とつき合いの長い真壁だけだった。上司ふたりは、ぽかんとした顔をしている。

「つまりですねえ。両角は罠だとわかっていても、山城圭吾の描いたマンガどおりにしか動かないってことです」

「山城と両角、ふたりのきずな……そう言っていいかどうかわかりませんが、それはその『34』で提示されたルールにもとづいているということです」真壁が解説した。

「わかった」ふざけた例えだったが、奥村代理は理解したようだ。「とりあえずやってみよう。ただし山城さん以外のご家族は、警察官が扮する」

本物のほうが両角が食いつく確度は上がるが、そこまでは無理だろうと、清田は了承した。

「それとなあ、これは奥の手だ」代理はつけ足した。「一般市民をオトリにつかうという危険な作戦の前に、なんとしても両角逮捕に全力を挙げる」

結論は真壁と同じだった。この作戦は、最後の最後の手なのだ。

35　「あたしが悪いんです」

清田から連絡を受け、山城は実家を訪ねた。三人に、自分と警察の危険なオトリ作戦を具体的に説明するためだ。もちろん三人は安全な場所に隠れ、彼らに扮した警官が両角を待つという計画だ。

「警察の人がやるんだろ」父が言った。

「しかもそのオトリ捜査のあいだは、警察の人が警護についてくれるんでしょ」母が言った。

「だったら、逆に安心じゃない」綾もうなずいた。

以前話し合った決意に揺らぎはなかったようだ。ウチはまさにアベルの血を引く家族だな、と山城は思った。

『34』を番外編――スピンオフの形でなら再開できると伝えると、大村は電話の向こうで歓声を上げた。ただし一回かぎり！　ページも多めにほしいと頼むと、なんの問題もないですとの答えが返ってきた。

締め切りは一か月後。山城はアシスタントを頼まず、自分ひとりで制作にかかると宣言した。

テレビではずっと、辺見敦のことを報道している。嫌疑不十分が理由での釈放だったが、マスコミは無罪確定と言わんばかりの論調で、辺見を一種の、悲劇の英雄に仕立て上げていた。

各局は、辺見が港南区にある横浜拘置所から出て来るところから生中継をはじめ、ホテルに向かう彼の車をヘリコプターから映した。

二時間後に行われる記者会見を待つあいだは、ずっと法学者や識者を招いた特番が流され、船越一家事件のおさらいと、辺見逮捕のいきさつが解説された。

ホテルの会場を借りた記者会見がはじまると、山城はネームを書く手を止め、テレビ画面を注視した。辺見の逮捕に責任はないが、もっと早く彼の無実を晴らす証言ができたのだ。うしろ暗い気持ちと、申し訳ないなという思いがのしかかった。

画面ではフラッシュがまたたいていた。テレビカメラを通しても、大勢の記者が出席しているのがわかる。

正面に長い机が置かれ、中央に辺見。その右に四十代の女性弁護士がひとり。左側には男性弁護士が四人すわっている。高齢の弁護士ふたりと五十代がひとり、それに若い弁護士だった。

顔に容赦なく浴びせられるフラッシュを、辺見は目を細めて受け止めた。

撮影が一段落すると、女性弁護士が辺見になにか耳打ちした。

辺見は手もとのマイクを引き寄せた。いかにも自信なさそうで挙動不審な仕草だ。だがそれがむしろ、善良な印象を与えている。

「警察の人に、やったって言ったあたしが悪いんです……だれのせいでもありません」

いきなりの謝罪に、報道陣の中から意外そうな声が出るのをマイクが拾った。

女性弁護士がきびしい顔で補足した。

「ご本人はこうおっしゃってますが、取調べの段階では、一貫して犯行時の記憶がないと供述されています。それにもかかわらず自供したということは、神奈川県警にも検察にも、自白の強要があったと考えられます。弁護団としては、断固追及するかまえです」

数人の記者が手を挙げた。女性弁護士がひとりを指した。

「辺見さん、少年のときの事件はどうなんでしょうか？　当時も犯行をよくおぼえていないとおっしゃりながら、結局自白されたと記憶しております。あれも冤罪なんでしょうか？」

弁護士全員が顔をしかめた。その事件を世間が思い出すと、警察や検察が有利になると思ったのだろう。女性弁護士が辺見になにか言った。

すると辺見は首をふり、マイクをにぎった。

「ああ、あれも……ほんとうにおぼえてないんですよ。けど、あたしがやったんですかねえ」

　また一斉に、フラッシュが焚かれた。

　スマホが鳴ったので、山城はテレビを消した。

「圭吾、大丈夫？」

　夏美からだった。自分に起こったこと、自分が犯したあやまちを話した日から、夏美は毎日電話をくれる。ただし、いまやっていること——マンガをつかって、両角を罠にかけようとしていることは言わないでいる。これ以上心配をかけたら、母子ともに負担がかかると思ったからだ。

「うん、おれなら元気」山城はカラ元気を出した。「それより、子どもは？」

「毎日聞かれても、そう変わらないよ」笑い声が聞こえた。

　なにもかも終わったら、もしかしたらおれたち、もとに戻れるんじゃないか？

　と口に出したい思いを、山城は必死におさえた。無理だとわかっているからだ。生きて切り抜けられたとしても、刑務所行きはまぬがれないだろう。

　当たりさわりのない話を交わしてから、山城は電話を切った。

　鉛筆を持ち直し、ネーム作成を再開した。

ガラス張りの広いカフェ。

マンガ情報雑誌の記者とマンガ家が話をしている。

記者「城山先生のマンガ、とうとう最終回を迎えるわけですが、どういうラストなのか、ちょっとだけ教えてくれませんか？」

城山（山城そっくり）、笑顔で「最後は殺人鬼の正体をバラす感じで考えてます。読者も一番それを望んでるわけですし」

記者「あの殺人鬼、人間なんですか？」

城山、腕組みして首をふり「それは言えません」

記者、身体を前にかたむけ「そこをちょっとだけ……ヒントでも」

城山「まあ、人類誕生以来、人を殺したい人間と、人が殺されるのを止めたい人間がいて、その戦いが永遠につづいてる……みたいな？」


大ゴマを取り、自宅を思い出しながら正確なラフを描いた。

さあこれから、物語のクライマックス——大殺戮がはじまるのだ。

自分や家族が犠牲になるのに、なぜか気分は軽かった。

現実は隙を見て、自分のほうが両角を殺すと決めていたからだ。

36　「両角！」

辺見敦の誤認逮捕により、新聞、雑誌、テレビはこぞって神奈川県警を叩いたが、意外にも特別捜査本部の士気は高かった。両角という具体的な被疑者が、捜査線上に浮かんだからだ。山城圭吾の描いたダガーの似顔絵が、いわば人相書きとして〝アシ〟全員に配られ、県内全域で該当者の捜索が行われた。

舟木中隊は二班が山城家の警護につき、もう一班は西戸塚の山城のマンションに配属された。真壁班だけは遊軍のままで、比較的自由な捜査ができる態勢だった。

清田は浅野と組み、二日に一回山城のマンションを訪ねたが、山城はいつもなにかに憑かれたように、黙々と作品を描いていた。ほとんど上の空で、会話らしい会話はできなかった。

邪魔にならないようこっそり画稿をのぞいたが、打ち合わせどおり、そこに描かれたダガーの標的は、山城そっくりなマンガ家とその家族だった。

『34』スピンオフ完成まではあと五日ほどだそうだ。予定より二日早いという。

だがこの作品をつかって両角をおびき出す作戦は、特別捜査本部にとってあくまで最後の手段なのだ。

清田はここ数日、危険なオトリ捜査を行う前に、両角を挙げたいと言った真壁の言葉を、そう絵空ごとではないように感じていた。特に期待をかけたのは、街角の防犯カメラと自家用車に設置されたドライブレコーダーだ。両角の足取りを追う作業は、尾行を撒かれたあの日、あの時刻の京浜急行を起点に、市内のあらゆるカメラ映像の解析によって進められていた。

任に当たった班は、一か月分の映像の中に両角によく似た人物をいくつか発見した。その男が出没する確率が高いのは、二か所の地域――金沢区の住宅街と神奈川区の商店街だった。金沢区のほうはコンビニ袋を提げた映像が多く、神奈川区では商店街をどこかに速足で歩いている姿が捉えられていた。科捜研に依頼してさらに映像を拡大分析してみると、コンビニ袋には食料品らしきものが入っていた。この人物は、金沢区が生活拠点。神奈川区には行きつけの店かなにかがあるのだろうと推測される。

もちろん山城のイラストを参考にしての映像解析なので、この人物がまちがいなく両角であるとはいえなかった。だが真壁と清田は、なるべく早急に当たってみる価値はあると考えた。ムダ足はいつものことだ。

『34』スピンオフの進行状況を確認して特捜本部に帰ろうとしていたとき、真壁から電話があった。

「いまから石原部長と金沢区に向かうわ。さっき代理から許可が下りてよ」

「じゃあ自分、合流します」

「いや、清田部長と浅野部長は神奈川区に行ってくれるか」

神奈川区とは、両角と思われる人物が足しげく通う商店街を当たれということだ。

「了解しました」

運転する浅野に真壁の指示を伝え、ふたりは向きを変えた。


両角に似た人物が何度か防犯カメラに捉えられた商店街は、旧綱島街道にいくつか連なる商店会のひとつだった。東急東横線沿線だが、街自体は百年近く前からにぎやかな場所だったそうだ。大通りの長さは二キロ弱。およそ三百メートルごとに建てられた六つのアーチが、この商店街を個性的なものに見せている。

清田と浅野は両角に似た人物が頻繁に映っていた防犯カメラの位置を確認し、周囲を見まわした。

「両角らしきやつはこっち方向から来て……」浅野が東横線の駅の方向を指さし、

「で、こっちに速足で歩いてったんですよね」と、横浜上麻生(かみあさお)道路のほうに顔を向けた。

清田は一軒一軒の看板を目で追った。

「居酒屋とか飲み屋かなあ。ほら……山城圭吾も、両角がパブで隣の席にすわってきたって言ったじゃないですか」

「両角のキャラから考察するに、金沢区からわざわざ足を延ばして、行きたい飲み屋なんてあるかな」

「大学時代の馴染みの店とか」

浅野はこの近くにある、神奈川では有名な大学のことを言っているのだ。

「そういうノスタルジックなキャラでもねえし……」ひとり言のようにつぶやきながら、清田は一軒の店に目を留めた。

「どこ行くんすか」

浅野が問うたが、清田はなにも告げず、目的の店に速足で向かった。

気になったのは、いまにも店じまいしそうに見える古びた古書店だった。店名は〝六網古書舍〟。看板には〝同人誌・コミック・同人ソフト・DVD・ビデオ　個人誌高く買い取ります〟とうたわれている。

「ちはぁ」あいさつしながら、店の中に入った。

せまい通路。両側の本棚にも、本棚の下に置かれた段ボール箱の中にも古いマンガ本がずらりと並んでいる。

「ここにあいつ、来てたって思うんですね」浅野が追いついて尋ねた。

「おれ、中に入るから」

浅野を店の入り口に待たせ、清田は通路を歩いた。ホコリとカビのにおいが、鼻腔をついた。

店の奥に小さなレジがあり、七十代、白髪、ロングヘアを三つ編みにした女性がすわっていた。ジーンズの上下を着て、まるで六〇年代後半のヒッピーみたいだ。

「ちょっと、うかがいたいんですが」スーツから警察手帳を出した。

「はい、なんでしょうか」その手の職業の人間の訪問になれているのか、女性は笑顔で答えた。切れ長で大きな目。形のいい鼻と唇。よく見ると昭和の女優のような顔立ちだ。

「このお店のご主人ですか」

「はい、店主です」

「似顔絵しかないんで、申し訳ないんですが……」コピーした山城圭吾作・ダガーの顔を店主の前にかざした。「こんな顔の人、このお店に来ませんか?」

「あ、それ、ダガーじゃない?」

職業柄だろうか、この年齢にはめずらしいマンガ通だ。

「ダガーじゃなくて、ダガーに似た人です」似顔絵はまさにダガーなのだから、マヌケた説明だなあと、自分でも思った。

「だから、ダガーに似たピンクの髪の子でしょ?」店主は微笑んだ。「よくいらっしゃいますよ」

ピンポーン! 清田は心の中で叫んだ。

しかしはやる気持ちをおさえ、冷静な口調で尋ねた。「この人、どういう本を買って行きますか?」

「ウチはね、古い同人誌とか、おおむかし廃刊になったマイナーなマンガ雑誌とか置いてるのよ」店主が言った。「あの人は、たぶんホラーマンガの収集家ね。その手の同人誌や古雑誌をよく買ってくれる……中にはこんな絵がうまいのに、どうして売れなかったのかしらって思うマンガ家もいるしね」

ホラーマンガとは、両角のキャラクターにドンピシャリじゃないか、と清田は思った。

「その人が買って行った雑誌か同人誌、まだありますか?」

「うーん……」周囲を見た。

おそらくこれだけ大量だと、店主であっても目当ての本の場所がわからないのだろう。

「あ、これに載ってるかな……ちょっと、失礼」彼女はレジを出て、清田のうしろの段ボール箱を探った。

中から、一冊のホコリだらけの雑誌を取り出した。タイトルは〝SMシュレッダー〟――表紙は、巨大な黒目。不気味な少年のアップだ。

「五冊で廃刊になったホラーマンガ誌なんですけどね」ページを開いて、中のマンガに目を通しはじめた。「あのピンク色の髪の彼、この世界じゃちょっと有名な女流マンガ家のコレクターだと思うのよ」

「なんて名前のマンガ家さんですか」

「言ってもわからないと思いますよ。一般人には全然知られてないカルトな人だから……あれ？　これには載ってないか」店主はその雑誌を戻し、もう一冊、別の〝SMシュレッダー〟を手に取った。「マンガ家さんの名前は、両角キララ」

「両角！」今度は、興奮をおさえられなかった。

37「ほんとに留守かぁ？」

やつら、なんでわかったんだ？

認めたくはないが、ずっと前に克服したはずの恐怖が彼を捕らえた。

その場所は、最近の秘密基地だった。京急金沢文庫駅の線路をはさんだ西側。平凡な景色の住宅街にある二階建て、四世帯が住む小さな灰色のアパートだ。

ふたりの男が秘密基地に向かって、ゆっくり歩いて来た。ひとりは四十代のがっちりした体型。もうひとりは三十代、痩せた男だった。

四十代の男は大声で馬鹿話をしている。

「最近忙しいじゃん。子どもと会えなくてさ、こないだひさしぶりに会ったら、だれ、おじちゃん？　みたいな顔されちゃったよ。それ見て笑ってるかあちゃんにも腹立ってさあ」

「結婚て、どこも大変ですよねえ」と、若いほうが相槌を打つ。

その緊張感のなさから、最初は営業目的で彼のアパートを訪れようとしているサラリーマンだろうと思った。

だが信じられないことに、そのふたりは刑事だった。

若いほうの男が基地のドアを叩き、「どなたかいらっしゃいませんかぁ、警察です」と、言ったのだ。

おそらくやつらはダガーの絵をもとに、この辺りの一軒一軒をしらみつぶしにまわって、アジトにたどり着いたのだ。

出るな！　絶対に出てはダメだ、と念じた。出れば大変なことになる。

彼は先ほどまで上機嫌だった。今日発売の『ライジングサン』に突然、『34』がスピンオフ作品としてだが再開するという告知が載っていたからだ。祝杯をあげたい気分だったのに、その喜びがいとも簡単に吹っ飛んだ。次第に腹が立ってきた。彼のエネルギー源は怒りだ。怒ることによって、恐怖を消し去らなければならない。

「ほんとに留守かぁ?」年長の刑事が言い、ドアに耳をつけ、中で物音がしないか聞いている。

次にドアアイに目をつけ、のぞいていた。

それを見て思った。なんとも滑稽な姿じゃないか。だから確信した。こいつらはおそるるに値しない。あとはあの男の、土壇場の機転を信じるしかない。

若いほうの刑事は、門の近くの壁に設置された電気メーターを見てから、年長の刑事のうしろを通り、隣の部屋のドアの前に立った。インターホンを押すが応答がない。隣の部屋には名前入りの表札がまだあったが、無人なのを知らなかったからだ。

年長の刑事がなにか指示した。

若い刑事は外階段を上っていった。

年長の刑事はアジトのドアの前をはなれ、階段の下に立った。

若い刑事は上の階の手前の部屋のインターホンを押している。

そのときだった。アジトのドアが開き、あの男が顔を出した。

音に気づき、年長の刑事はドアのほうを向いた。そしてあんぐりと口を開けた。

マヌケにしか見えない表情だった。
アジトから出て、自分に近づく男の顔を見て、どう解釈すべきかわからないのだ。
信じてよかった。あの男なら大丈夫だ。
中年の刑事は、ようやく声を発した。「え、辺見……？」
買い物帰りで、アジトがよく見える場所に立っていた彼は、その声を耳にして、
自然に笑みがこぼれた。
「なんだよ、あんた、いったい……ええっ？」中年の刑事はまだ、なにが起こって
いるのか理解できないでいる。
辺見敦の手には、刺身包丁が握られていた。その包丁が、年長の刑事の腹を深々
と刺した。
「なんで……？」刑事は腹を押さえ、弱々しい声を発した。
辺見は引き抜いた。
刑事は地面に、ストンと尻もちをついた。
辺見が包丁を下に向け、今度は胸を狙った。
刑事の手をはらいのけて、もう一回。
さらに、もう一回。
刑事の顔から表情が消えた。口を動かしたが、声も消えた。

辺見の顔にうすら笑いが浮かんだ。
その顔を見て、彼は愉快な気分になった。
『34』再開とダブルで祝杯を挙げよう。

第五章

「ぼくの顔、見た？　見ちゃったよね」

影男はあいつだった。

あの、よく通る声の持ち主……ピンク色の髪の男だ。

こんなところまで追って来たのかと思うと、怖くて声が出ない。

どうして自分をここまで追いかけるのか尋ねたかったが、声が出ないのだから質問ができない。

「ちがうよ」なにも聞いていないのに、ピンク色の髪の男が言った。

なにを言っているのだろうか？

「ちがうよ」もう一度、ピンク色の髪の男が否定した。

「ぼくが追いかけたんじゃない……きみがぼくに来いって言ったんだ」ピンク色の髪の男は笑った。

38　「エロいよ」

三つ編みの店主によれば、両角キララは、いまから三十年くらい前、かなりメジャーな青年マンガ雑誌の新人賞を受賞した作家だった。絵の技術は抜群だったが、内容が過激すぎたためか、賞を取ったマンガ出版社のどこかの雑誌に受賞後第一作が掲載されたあと、数年のブランクののち、マイナーなホラー雑誌に活躍の場を移した。だがそれも数年のことで、その後はどこにも新作を発表していない。

「ほら、すっごくうまいでしょ。丸尾末広とか古屋兎丸とかに通じるものがあるでしょ」二冊目の〝SMシュレッダー〟に掲載されていたマンガを清田に見せた。

卓越した画力だった。たしかに丸尾や古屋を連想させる。大正ロマンやアールヌーボーにも影響を受けているようだ。だが描かれていたのは、大股を開いた全裸の女子高生や、欲望丸出しの中年男。SM器具や中世の拷問機械などのオンパレードだ。

「もう少し中身、見られますか」

「いいですけど、エロいよ」パラパラとめくった。

中年男の腹をナイフでえぐり、腸をつかみ出す女子高生のコマが現れた。

「いつから新作、発表しなくなったんですか」

「さあ……」三つ編みの店主は首をかしげた。「たぶんねえ、二〇〇〇年前後にはいなくなってたね」

「描けなくなったんですかね」

「まあ、そうじゃない」

「顔写真とか、どっかにないですか」

「会ったことないけど、ウワサでは美人。だからまあ、マイナーマンガの世界ではスターだったみたいな？」店主は語尾を上げて言った。「それで、宗教かなんかに嵌まって田舎に引っ込んだとか、結婚して、離婚して、旦那から逃げてるとか……ホラーマンガ家のあいだには妙なウワサが流れてたねえ」

清田の電話が鳴った。

「あ、失礼」携帯を取り出し、入り口のほうに向かった。

「はい、清田」

入り口に立つ浅野が見えた。なぜかメールを読んで、青い顔をしている。

舟木中隊長からだった。聞き取れないくらい小声だった。

「真壁班長が……亡くなった」

39

「ま、すべてよしってことで……」

たくさんの警察車両が停まっていた。どこからからうじゃうじゃと制服警官が現れ、規制線の前に立っている。アジト自体は青いシートで隠されてしまった。おそらく鑑識は、彼の部屋にあるものをすべて押収し、分析するつもりだろう。取られてこまるものはなかったが、両角キララの単行本や、作品が掲載された雑誌が持っていかれるのは悲しかった。

スマホがチン！と鳴った。

辺見はうまく逃げたようだ。あらかじめ確保していた逃走用の隠れ家に、無事到着したというメールが入った。

辺見の少年時代の事件を知ったのも、両角キララがきっかけだった。彼女がその事件にインスパイアされて描いた作品に、魂をわしづかみにされたのだ。

しかし実際は、どんな事件だったか知らない。

父親のパソコンをこっそり借りて、昭和の古い事件を調べ、辺見敦にたどり着いた。興奮した。自分と同じような人間がいたのだ。彼はすぐに辺見に同化した。その気持ちが、その怒りが、手に取るようにわかった。

医療少年院を出て人々の偏見の中で懸命に生きている辺見を、彼はようやく探し当てた。何枚も何枚も手紙を書き、信用を得ることに成功した。アドバイスをもらい、これから自分がやろうと思う計画を打ち明け、ふたりはひとりになった。目の前を大勢の刑事が速足で通りすぎていった。仲間を殺され、目が血走っている。だが、スマホを見ているピンク髪のにいちゃんには見向きもしない。

返信メールを打ち終わったころ、長身のあの男が現れた。山城に一番接近し、自分を捕まえる可能性がもっとも高い刑事だ。殺された刑事の直属の部下のようだ。計画では、この男を辺見に殺してもらうはずだった。

ストーリーはちがってしまったが、得られた効果は同じだった。捜査対象は、両角からまた辺見に戻ったのだ。

「ま、すべてよしってことで……」彼はひとりごちた。

40 「マンガ本？」

真壁班長の遺体とは面会できなかった。

刺された直後はまだ息があったようだ。しかし病院に到着した直後、絶命したと聞かされた。

現場に向かう途中、真壁殺害犯は辺見敦——と石原の電話で知らされたときは、気がくるわんばかりに頭が混乱した。両角というダガーのモデルを追っていた自分は、とんでもない大馬鹿者だったのかもしれないと、自分自身を責めた。現に捜査員のかなり多くが両角のことを忘れ、やはり辺見がホンボシだったと信じはじめているという。しかし真壁班長は両角に似た男の聞き込みの最中、辺見に遭遇したのだ。そうなると最初のスジ読み——両角と辺見の共犯関係が浮かび上がってくる。班長の弔いのためにも、特別捜査本部の上層部が自分と同じ共犯関係説を支持してくれることを願った。

金沢区のアパートに到着し、鑑識捜査が終わるのを待つあいだ、清田に話しかけてくる捜査員はひとりもいなかった。真壁との師弟関係は一課では有名だったからだ。なぐさめの言葉などむなしいと知っているのだろう。もちろん、おまえは班長のご遺体が安置されている病院に行ったほうがいいんじゃないかとアドバイスする者もいなかった。マルガイが自分の身内や上司の場合、事件の担当になることは絶対にない。私情が入って、捜査の目がくもるからだ。だができるなら自分の手で仇を討ちたい！　その気持ちも、刑事たちは十分理解していた。

清田は、アパートから出て来た鑑識の班長を見つけて声をかけた。班長は同情のこもった、同時にこまったぞという顔で清田を見た。事件担当の捜査員以外には、鑑識で知りえた情報を漏らせないからだ。

「あ、ちがいます」先手を打って、否定した。「ひょっとして家の中に、マンガ本はありませんでしたか」

「マンガ本？」

「もしも両角キララというマンガ家の単行本や雑誌とかがあったら、きわめて重要な証拠品なので、取っておいてほしいんです」

「両角キララ……」手帳にメモした。「わかった」

「清田」

声がしたのでふり向いた。奥村代理だった。気落ちして、十歳は老けて見える。敬礼して前に立つと、左肩をポンと叩かれた。いまは言葉にできないので、最大限の哀悼の意を表したかったのだろう。

「辺見と両角とは共犯関係だった」

「自分もそう思いました」

「……もう部長の作戦しか打つ手はない」

「は？」

願いが通じたようだ。

「どうやらおれたちは、山城圭吾に頼るしかないってことだ」

った。

「はい」力強く返事をした。目に溜まった涙が、奥村代理に気づかれないことを願った。

41

「そういうことじゃなくて……」

清田刑事が再訪してきたのは深夜の二時すぎだった。もちろん家に入れない選択もあったが、朝まで仕事をすると決めていたし、それになにより尋常ではないなにかが起こったような予感がした。

迎え入れた清田は、午後に会ったときより痩せて見えた。顔色も悪い。どうやら悪い勘が当たったようだ。

「真壁班長が殺された……」

最初は意味がわからなかった。もう一回質問しようと口を開けた途端、頭の中にその恐ろしい事実が流れ込んできた。

「真壁さんが……」清田をリビングに招くのも忘れ、玄関に立ったまま尋ねた。

「またあいつ、やったんですね」自責の念が押し寄せた。「おれが黙ってたから……」

「今度は、山城さんのせいじゃないよ」

仲間を殺されてボロボロのはずの男から、なぐさめの言葉が出たのにはびっくりした。

「やったのは辺見」

「辺見……」その名を聞いても、一瞬だれだかピンとこない。

「辺見敦だよ」

ようやく思い出した。

「どういうことですか」ほんとうに、訳がわからない。

「……おそらく、ふたりは最初から共犯だったんだろう」

「それでも、おれがもっと早く清田さんと話をしていたら、真壁さんも亡くならなかったんじゃないですか」

「それは、だれにもわからないよ」力なく笑った。

「おれ、どうやっても、もうあやまれないんですね」

それ以上、なにも言えなかった。

「ただ、これだけは言える」清田が言った。「真壁さんはたとえ殺されても、だれかをうらむような人じゃない。そんな暇があったら、とっととホシを挙げろってハッパをかける人だ」

「それで、警察はどうやって……」

「それを言いに来たんだ」鋭い視線で山城を見た。「県警もお手上げだ。もう山城さんに頼る以外、両角を止める方法はない」

力が湧いて来た。マンガは予定通り上がって、告知された号に掲載されます」

「そういうことじゃなくて……」

なにが聞きたいかわかった。覚悟を問うているのだ。

「最初から心は決まっています。土壇場で逃げたりはしません」言葉に力を込めた。

「家族も同じです」

「それを聞きたかったんだ」

清田が笑った。

その顔を見て思った。この人、理由はわからないが、おれに似ている。

42　「無戸籍だったっちゅう事実」

県警は大量の人員を投入したが、辺見敦の行き先は杳としてつかめなかった。あらかじめ身を隠す場所を用意していたのだろうというのが、大方の見解だった。

辺見の弁護団は訴えを取り下げ、マスコミは神奈川県警叩きをやめた。同時に一連の四人家族殺害事件への報道も慎重になった。

辺見捜査にはかかわれない清田は、両角という人物の解明に全力を注いだ。

両角と辺見のアジトがわかったことで、いくつかの有力な手がかりを手にすることができた。

まず指紋だ。鑑識は両角の借りた部屋から、辺見をはじめたくさんの指紋を採取したが、数本の包丁と、清田が指摘した数冊のマンガ本から、両角のものと思われる指紋を特定した。ただしその指紋に犯罪履歴はなかった。

部屋を借りるにあたって不動産会社に提出した書類——住民票の写しや免許証の写し、印鑑証明書、給料明細から、両角の正体が徐々に見えてきた。

両角の名前は修一（しゅういち）。

彼は県内の宅配便会社を転々としていた。軽貨物宅配ドライバーだったのだ。

過去に在籍した会社をたどり、配達エリアを調べた結果、船越家、原家、田口家、すべての家に、数回にわたって配送を行っていたことがわかった。

住民票の写しと会社に提出した履歴書から、捜査員たちは両角の実家を訪ねた。

川崎市川崎区の、多摩川に近い京急大師線沿線の下町だった。

その報告を清田は、事情聴取に同行した浅野から聞いた。

「ゴミ屋敷みたいでしたよ。玄関の前にゴミ袋が積んであってですね。空き家って感じだったから、ああ、両角の実家にちがいないなって、なんとなく思うじゃないですか」

何度ブザーを押しても応答がない。そこで捜査員のひとりが、「警察です。開けてください」と大声でどなると、ようやくドアが開いた。髪の毛がボサボサの痩せた中年女が、しかめっ面、くわえタバコで立っていた。水商売をしているか、していたふうだった。

息子の両角修一のことを尋ねると、「あいつ、とうとうなんかやりました？」という答えが返ってきた。

前になにかやったんですかと尋ねると、女はタバコを指にはさみ、少しだけ母親の顔になった。

「中学のころ、チャリンコで大ケガしてさ。足が悪くなってね。それからはよくない仲間とつき合って。高校生なのに競馬とか競輪、競艇なんかに嵌まって……挙句はヤクザとかがやってる闇スロ？　あれで警察にお世話になってさ」

その時点で、浅野はじめ捜査員は、なんとなく違和感をおぼえていた。自分たちの追う被疑者とは、ちがうキャラクターに思えたからだ。

「いま息子さん、どちらに」捜査員のひとりが聞いた。

「知らない」カラ元気だとわかる笑みだった。「二年くらい前までは、ときどき借金取りが訪ねて来たからね、生きてるんだなあとは思ったけど……」

そこまで聞いて、清田が言った。「やっぱり別人だったの？」

浅野がうなずいた。

両角修一の写真を見せてほしいと言うと、女は家の奥に引っ込んだ。

十分近く待っていると、ホコリだらけの高校の卒業アルバムを手にしていた。

「一応、高校は卒業してるからね」

私立の商業高校だった。女はページを開いた。

クラスのほとんどが男。女は集合写真の最後列の少年を指さした。

長身。地味な顔。あきらかに別人だった。

「両角はそいつの戸籍を買ったか、殺して奪ったな」

おそらく本物の両角はギャンブル依存症だ。金欠、そのうえ危ないスジから追われ、姿を消したいはずだ。そういう人間は、十万二十万のはした金で、簡単に自分の戸籍を売る。

「いま、そのセンで調べてます」浅野が言った。

ホンボシと思われる男は両角修一の名を騙る別人だったが、清田は両角キララとの関係に固執していた。なぜ両角姓を選んだのか――偶然の一致とは思えないからだ。

最初に両角キララをネットで検索したが、その名前すら発見できなかった。

だが両角のアパートから押収した単行本の一冊に、両角キララのプロフィールが載っていた。顔も年齢も非公開だった。一九八八年、『ゲテゲテゲロゲロ』という作品で、日の丸書房新人賞に入選している。日の丸書房は『ライジングサン』を抱える出版社だ。これも偶然ではないだろう。

受賞後第一作『田舎の怪物』は、八九年、日の丸書房の『漫画サンライズ』という月刊誌に掲載されていた。ちなみに同誌は二〇〇二年、休刊になっている。

単行本の版元、『民話伝説社』はとっくにつぶれていたので、清田は大村に電話して、両角キララの担当者がいないか調べてほしいと頼んだ。

「三十年以上前ですね……まだ会社にいるかなあ」と大村は言ったが、調べることは了承してくれた。

三十分後、報告が入った。『漫画サンライズ』の両角キララの元担当者は、いまは販売部門の役員で島村（しまむら）という人だった。

大村からの伝言で、島村はむかしの話で記憶が定かでない、一度整理して、それから連絡するということだった。

「どのくらいになりますかね」

「ああ、警察からの依頼だって言ったら、今日中にはかけるって言ってます」

あいさつして電話を切ろうとする大村に、清田は別の質問をした。

「……山城さんの『34』スピンオフ、上がったんですよね」

「ええ、一昨日校了しました」少し暗い声が返ってくる。

「どうでした、出来栄えは」なにも知らないふりをした。

「いや……おもしろいはおもしろいですけどね、これってアリなのかなって」

「これってアリとは？」

「ダガーの正体を、偶然マンガに描いてしまうマンガ家の話なんですけどね。それがちょっと、悪趣味というか、怖いなっていうか……」

標的はマンガ家の家族で、顔が山城そっくりなのを気にしているようだ。

「ほら、模倣犯の事件が原因でやめるの、休載するのって、ひと悶着あったわけじゃないですか。ほんとにこれ、載せていいのかよって」

清田も少し不安になった。編集長判断でボツという可能性もあると、山城から聞いていたからだ。

「編集長も頭抱えたんですけどね。ほら、読者からの反響がすごくて、おまけに映画化とか大手ネットの連ドラ話まで来てて、販売はその週の部数を一万多く刷るっていうし……載せないわけにはいかなくなっちゃって」

ほっと安心して、電話を切った。

一時間後、島村から電話が入った。両角キララの元担当、日の丸書房の役員だ。早い連絡に礼を述べると、元気のいい声が返ってきた。なんだかガサツな、ノリのいい男のような印象だった。

「いや、両角キララのことはよくおぼえていたんですよ。すごい美人でね」

清田はメモ用紙に〝すごい美人〟と走り書きした。

「お時間いただいた理由は、彼女のマンガが載った本を地下の書庫に行って探してたからです」

「見つかりましたか」

「どっかにあるかもしれないんですけどね……実は会社、十五年前に移転したんで、そのときけっこう、いろんな資料がなくなってて」

「両角さんは、当時いくつくらいでしたか」

「たしかね、どっかの美大生でね。だから二十歳くらいかな」

「両角キララは本名ですか？」

「ペンネームだったよ。よくわかんないけど〝諸刃（もろは）の剣〟のモジリだって……本名は思い出せないんですよ」

少し失望したが、質問をつづけた。

「生まれは？」

「生まれは……広島だったと思います」

「広島……」メモを取った。

「どこに住んでいたかは、おぼえてらっしゃいますか」

「ええと……江古田のアパートに住んでたけど、実家は横浜だったと思います」

「生まれは広島で、実家は横浜だったんですね」

「おとうさんとおかあさんは広島の人だったけど、おとうさんの会社が横浜にあったからって聞いたような気がします」

ふつうのサラリーマン家庭の出身のようだ。

「ご実家、横浜のどこだったかわかりますか？」

「金沢区の谷津坂（やつざか）……ああ、いまは能見台（のうけんだい）か。そこの子ですよ。わたしが一時、弘明寺（ぐみょうじ）に住んでいたんでおぼえてました」

京浜急行の能見台駅は横浜駅方面から数えると、金沢文庫駅のひとつ手前だ。両角のアジトがなぜその近くにあったかの理由かもしれない。

「『漫画サンライズ』に載った受賞後第一作……」清田はメモを見た。「『田舎の怪物』って、どんな話だったんですか。やっぱりスプラッター系ですか」

「まず受賞作はね……」島村はそこから話し出した。「もう完全に悪を礼賛してるみたいな？　しかも人間が切り刻まれる絵とか、内臓が描きたいだけじゃないのって作品でしてね。けど画力は抜群でしょ。おまけに妙にシュールで、妙に哲学的なんで、審査員の先生に受けたんです」

編集部はあまり推さなかったが、審査員を務めるプロのマンガ家たちには評価が高く、大賞とまではいかなかったが、次点の入賞を受賞したという。

「その受賞作……」またメモに目をやった。「『ゲテゲテゲロゲロ』は、山城圭吾さんの『34』みたいなホラーですか？」

「そんなタイトルでしたっけ？」電話の向こうで、笑っているようだ。「山城先生の作風とはちがいますよ。『34』はただの残酷ホラーマンガじゃなくて、どっか良心があるでしょ」

「ありますか？」清田にはわからなかった。

「ほら、主人公三人、ダガーにしてやられるたびに、ものすごぉく傷ついて、犠牲者に同情するじゃないですか。もう立ち直れないかなあって思うと、次回しっかり立ち直ってるけど……三人のキャラがこれだから、最後は悪に善が勝つって、読者に安心を与えるじゃないですか」

元マンガ編集者で現販売担当重役だけに、深い読みをしていた。清田は最初の印象を訂正した。

「でも両角キララのは、悪の存在しか感じられなかったんです。この子、幼少期になんかあったのかなあ、みたいな……」

最初の質問に戻した。

「受賞後第一作は、そういう内容じゃなかったんですか」

「それでわたし、言ってやったんです。きみの作風じゃメジャー作家は無理だし、第一マンガ家としては短命に終わっちゃうよって。もしこの世界で生き残りたいなら、残酷描写はやめろとは言わないけど、最後は主人公が救われるとか、主人公がだれかを守って死んでいくとか、そういうオチをつけたほうがいいよって」

「そういう作品になったんですか？」

「そういう作品じゃなかったですが、『遠野物語』みたいな淡々とした怪談話で、評判がよかったです。だからこの子、いけるかもって思いました」

受賞後第一作『田舎の怪物』は田舎暮らしをはじめた家族が、村にふつうに出てくる怪物と対話する話で、ホラーではあったが心なごむ場面も設定されていたという。

「好評なのに、それ一作で終わっちゃったんですか」

「そこは、よくわからないんです」話が熱を帯びてきた。「新人賞取った直後、彼女、大学を中退して、ほんとに田舎に引っ込んじゃったんですよ」

「どこの田舎です」

「たしか山梨」

メモをしてから、質問をつづけた。

「なんで田舎に？」

「同じ期の新人賞で、佳作取った女の子から聞いたんですけどね。どうやら男ができて、そいつを追って、田舎に行っちゃったって……しかもその男は、新興宗教の教祖みたいなやつだって」

「それで描かなくなった？」

「連絡くれるって言ったんですけどね。二度となかったです。こっちもまあ、そういう中途半端な新人はめずらしくないので、惜しいは惜しいけど、もういいかなって」

「結婚したんでしょうか」

結婚して離婚し、旦那から逃げているというウワサを聞いたことがあるという、六網古書舎の三つ編みの店主の言葉を思い出した。

「さあ、そこまでは聞きませんでした。でも、さっき言った佳作の子がね、なんか変なコミュニティみたいな村で暮らしているらしいって」

それも、三つ編みの店主の証言から想像できる話だ。

佳作を取った新人マンガ家の名前を聞いたが、島村は彼女の顔はよくおぼえていると言いつつ、名前はすっかり忘れてしまっていた。プロになれず、すぐいなくなったからだそうだ。

「それが、両角キララを知る最後ですか」

「はい」と答えてから、「あっ」と叫んだ。「そうだ、その五、六年くらいあとに一回、電話がかかってきたんですよ。でもわたし、もうマンガ以外の別の部署にいたし、たまたま席にいなかったんで話せなかった。そのあと、二度と電話はなかったです」

その後、マイナーなホラーマンガ雑誌で何作か発表していたことは知らないようだ。

清田は礼を言い、電話を切った。

手がかりは見つかった――生まれは広島。実家は金沢区。そして山梨県の新興宗教のようなコミュニティだ。

またインターネットに頼ることにした。

〝山梨　コミュニティ　カルト　一九八九年〟と入れると、興味を引く新聞記事を発見した。

進藤庄吉（しょうきち）という人物が山梨県上野原市（うえのはらし）の中暮地（なかぼち）村という廃村を購入し、自給自足の理想の生活を提案。居住者を募り、コミュニティを創設したという内容だった。

〝……進藤さん（49）の思想は独特で、一家族（特に四人）を幸福の理想の一単位とし、家族同士の絆がユートピアを築くというのだ。家族は村に居住することを決めると、全財産を寄贈する。村には委員会があり、責任を持って財産を管理するが、何かの都合で村を去る場合は、寄贈した財産の半分の返還が保証されている。村には学校があり、教師経験がある村人が先生を務めている。だがそれは塾でしかなく、村人は義務教育を拒否したことになる。県教育委員会は数度にわたって村の子どもを学校に通わせるよう説得したが、進藤さんのコミュニティ側はその申し出を受け入れていない。〟

次に見つけたのは、コミュニティが自前で文部省の条件にかなう私立学校を設立する旨を伝えた云々の記事だった。

そして最後に発見したニュースは、衝撃的だった。

〝山梨県の中暮地村のコミュニティ提唱者、進藤庄吉さん（62）が、自宅で死亡していた。死因は毒物とみられ、なんらかの形で服用したものと思われる。進藤さんの遺体は、近くの駐在所の警官がパトロール中に発見したものだった。駐在員は前日、コミュニティが無人になったとの通報を受け、確認のため訪れたのだが、通報通り村には誰もおらず、進藤さんの遺体だけが残されていた。山梨県警は事件と事故、両面から捜査を進めている。〟

パソコンのマップで、中暮地村の位置を検索した。いまはそう呼ばれてはいなかったが、ほぼ山梨と神奈川の県境で、原一家惨殺現場は目と鼻の先だった。両角はこの一帯に土地勘があり、その近くの別荘の所有者から標的を決定したのではないか、と思った。

進藤庄吉の死の真相と、消えた村人のことが気になり、清田は山梨県警の捜査第一課に問い合わせた。神奈川の連続殺人事件の捜査の一環だと話すと、意外なほど迅速に当時の事件担当者を探し出してくれた。

一番話を聞きたかったのは、進藤の遺体を発見した駐在だった。望月清（もちづききよし）という名の元警部で、いまも健在。記憶もしっかりしているとのことだった。清田は捜査一課の担当者から、彼の連絡先を教えてもらった。

退官後も上野原市に住む望月清は、電話口でしっかりした声で応答した。

「あの事件でしょ。忘れるはずがありません。こういうとひんしゅくものでしょうが、静かな生活を希望して、あの地区の駐在を志願したんです。ところが任官早々、中暮地村に妙なカルト集団が移住してきてですね。めぇりましたよ」

東京の人間と話すので懸命に標準語をつかっていたが、時折甲州弁が出てしまうようだ。

「未就学児童の件がどうにか解決してね……これで平穏が戻ると思っていたら、あの地区担当の郵便局員が、突然村から人が消えたと駐在所に駆け込んできましてね。半信半疑でしたが、次の日に行ってみたんですよ」

早朝だった。原付バイクで村に駆けつけた望月は、ほんとうに村から人が消えたことを確認した。すぐ所轄の富士都留署に連絡してもよかったが、念のため教祖(望月は進藤をこう呼んだ)の家に行ってみた。戸が開いていたが、すぐには中に入らず何度か名を呼んだ。だが応答がない。いやな予感がした。コミュニティに批判的な輩が侵入したか、あるいは強盗事件か？　望月は進藤の名前を大声で呼びながら、家の中に入った。

台所の床に、進藤は血を吐いて絶命していた。

「死因は毒ですか」新聞の内容を確認した。

「農薬を飲んでね……監察のお医者さんも、最初は自殺だろうって」

「ちがったんですか」

山梨県警は進藤の死と、コミュニティの住人が消えたことを関連づけて疑問視した。ついに捜査第一課が山梨県警本部より派遣され、殺人のセンも視野に、捜査が開始された。コミュニティ内に争いが起こり、村人が指導者の進藤を殺害して、逃走したのではないかという説まで浮上した。

「結局、なにもわからなんだ」

「村人は？」

「見つからなんだ」

消えた十世帯の家族の捜索が懸命に行われたが、まるではじめから存在していなかったかのように手がかりは皆無だった。近隣の村々では妙なウワサが広まった。消えた十世帯は指導者を殺害したあと、だれにも発見されない山奥の秘密の場所で、集団自殺したというものだった。

「彼らは何者だったんですか」

「それが……わからなんだ」

もちろん十世帯の家族全員の身上調査が行われた。しかし彼らが住民票移動の際提出した転出証明書や本人確認書類などは、すべて他人のものだった。

清田は一瞬、沈黙した。他人の戸籍を手に入れた両角と同じ手口に思えたからだ。

「正確には、何人消えたんです」

「それもわからなんだ」望月が答えた。「連中はわたしが来ると、家族を隠したから」

「家族を隠すって？」

「警察は国家のイヌってわけだよ。わたしが赴任したのは例の義務教育違反云々のころだよ。家族が何人で子どもがいるかいねぇかなんて、一番隠してぇずら」

一番知りたいことを尋ねた。

「進藤に奥さんはいましたか」

「奥さんはいた。若くてきれいな人だった」

「その人、マンガ家かなんかじゃありませんか」

「マンガ家？」意外な質問だったのだろう。聞き返した。「教祖は外の世界の人間と、コミュニティとを隔絶したがっていたから……わたしみてぇな駐在の警察官とは、特に話をしんよう命令してたて思う。奥さんは見たことがありますが、会話したことがねぇのでわかりません」一旦、話を中断した。なにか思い出したのだ。「だけど見たのは、村がはじまった最初のころで、途中から一度も見なくなったよっちゃ……」

両角キララがもし進藤の妻で、五、六年くらいあとに離婚したか逃げ出したりしていたなら、元担当の島村に電話があったという証言が合致する。

「進藤に子どもはいましたか」

　長いため息が聞こえた。

「あのコミュニティは、家族を幸福の一単位と考えててね。教祖は、子どもふたりが理想と唱えてました。ふんだから村で新たに子どもをもうける世帯も多くてね、就学前児童がたくさんいたんだ。だから事件後、一番問題になったのは、その子たちが実は無戸籍だったっちゅう事実だ」

　コミュニティの住民たちは、子どもが生まれても自治体に出生届を提出していなかったというのだ。

「日本人であることも、捨てたかったんでしょうね」望月が言った。

「ところで、その教祖の進藤ですがね」最後の質問をした。「直接話されて、どういう印象を受けましたか」

「うーーん」はじめて、望月が考え込んだ。

「なんでもいいんです」助け舟を出した。少しでも手がかりがほしかったからだ。

「本人は東京から来たと言ってたけどね、東京出身とは言わなかった。わたしは地方の人かなと思いました……言葉に少し、方言があってね」

「どこの方言でしたか」

「岡山とか……広島とか。知り合いがいるんでわかったんだが、あっちのほうの人だと思ったね」

山城の証言を思い出した。両角の犯行と思われる広島の殺人のことだ。現在、問い合わせ中だが、広島県警はまだ無理心中以外のセンを認めていないということだ。

だが両角修一と名乗る男が、進藤庄吉と両角キララとのあいだの子どもという可能性は濃厚だと思う。そうなると広島という場所を選んだのも、行き当たりばったりではないのかもしれない。

「あと教祖はねえ」重要なことを思い出したらしい。声がうわずっていた。「もともとは現代美術のアーティストやってたって……そんなことを言ってたなあ」

もしかしたら進藤と両角キララは、同じ大学の先輩後輩の関係だったのかもしれない。

清田は望月に礼を言い、電話を切った。

急に疲れを感じた。あの男に近づいているのか、逆に遠のいているのかよくわからない。

おそらく彼を逮捕し取調べをしないかぎり、永遠に正体はわからないだろう。

いったい、ひとりの人間がどうしてこうなってしまったのか……いや、本物の怪物でないことを願うばかりだ。

43 「山城先生、そう来たか」

今日発売された『ライジングサン』。その巻頭に掲載された『34』のスピンオフは、五十枚の大作だった。

主人公は、いま世間を恐怖のどん底に落としているダガー事件をモチーフに、大ヒットを飛ばしているマンガ家の城山。しかも彼は水卜、十倉、四熊ら三人の主人公の同級生で、一話目の同窓会にも出席していた。

顔は山城先生そのままだ。

冒頭、その城山は、マンガ情報誌の記者に取材を受けている。彼のマンガは最終回を迎えるらしい。「最後、殺人鬼の正体はわかるんですか？」と問われると、マンガ家は得意そうに話し出す。「おたくには話すけど、ネタバレ含むだから……記事には、におわすだけにしてね」と前置きする。

マンガの中の殺人鬼のルーツは、世界最初の人間のカップルから生まれたふたりの男の子のうちの兄のほう。兄は神さまの愛情を一心に受ける弟をうらみ、人類最初の殺人を犯す。その兄の殺人衝動が、代々選ばれた人間に受け継がれ、現在の日本で連続殺人が行われているという設定らしい。

「人類最初の家族も四人、しかも悲劇的な結果で終わる……だから先生の描く殺人鬼は、四人家族にあこがれと憎悪を抱いているんですね……なるほどぉ」と、記者は感心する。

マンガ家はインタビューを切り上げ、帰宅の途につく。

自宅へとつづく坂道を上るマンガ家。

空には満月。

「きれいな満月だなあ」とつぶやく。

彼の背後、電信柱の陰にだれか立っている。シルエットから見て、ダガーだ。

帰宅したマンガ家は、母から食事の用意ができたと告げられる。食卓の場面には、父と母、姉がいる。これまた山城一家の三人そっくりじゃないか。

そこで交わされるしらじらしい会話。一家団欒というやつだ。

食事を終えたマンガ家は二階に行き、深夜まで楽しげに殺戮場面を描いている。

だが突如侵入したダガーに、あっさり殺されてしまう。

ダガーは次々三人の家族も殺し、「ぼくの正体、もう少しでわかったのに惜しかったね」と微笑み、姿を消す。

事件現場に駆けつけた三人の主人公は、同級生の変わり果てた姿を見る。そこで水トにヴィジョンが下りてくる。彼はダガーの正体に気づき、物語は終わる。

「山城先生、そう来たか……」最後のページを見ながら、つぶやいた。

山城は最高の舞台を用意してくれた。彼は喜びをおぼえると同時に、一抹のさびしさも感じた。

これが事実上、山城圭吾の最後の原稿になり、『34』は終わってしまうからだ。

第六章

全面降伏しようと思う。

心も身体ももう限界だからだ。

「それもちがうよ」と言う声が聞こえた。「だって、きみがぼくで、ぼくがきみなんだよ」

どういう意味だろう。ピンク色の髪の男の顔を見た。

「ぼくの顔、見た？　見ちゃったよね」

ピンクの髪の男は、また妙なことを言った。

だが自分は、さっきよりもっと驚いていた。

なんで影男なんて名前をつけたのだろう。

ピンクの髪の男は自分と瓜ふたつだった。

いや、完全に自分だった。

自分が笑っていた。

自分が、その笑う自分を見ていた。

いままでよりずっと自然な……はるかに自信を持った自分の顔だった。

「ぼくの顔、見た？　見ちゃったよね」

それは自分が、自分自身に言っている言葉だった。

44

「さあ、どっちもだろ」

一週間後、満月の夜が来た。

いまの清田には、宙に浮かぶ髑髏（どくろ）が人間たちを見おろしているようにしか見えなかった。

「両角、来ると思う？」運転席で山城の家を見張りながら、石原が言った。

「わからねえが、今日が一番可能性が高いだろ。あいつは自分が絶対捕まらないって、信じ込んでいるふしがあるから」

「清田さんが言う、『巨人の星』大リーグボール1号説？　あんた、相変わらずマニアックだよね」

石原は真壁の死を目撃した男だ。中隊長は数日休暇を取るよう勧めたが、石原は頑として拒否した。しかしそのあとの一週間は、だれが見ても落ち込んでいた。上司を守れなかったことで、自分を責めていたのだ。清田は同期として見てはいられず、車での行確のパートナーに指名した。その石原だが、いまの質問を聞き少し立ち直ったなと感じた。

時間は午後十一時をまわっていた。山城家には、遠目には区別がつかないほど、一家の父、母、姉に似た警察官が防刃チョッキを着用して待機している。そのほか浅野ら五名の刑事が、家の中で彼らを警護していた。

近辺には清田と石原をはじめ、舟木中隊全員。その外側にもう一中隊、両角が現れるのを待ちかまえている。もちろん全員、防刃チョッキを着て拳銃を携行している。

だがホンボシは、両角ひとりではない。辺見という共犯者がいるのだ。そこで特別捜査本部は山城のマンションや、〝パブ13番地〟近辺にも人員を張り込ませている。

油断はできないが、万全の態勢だ。

山城家の本物の三人は説得の結果、『34』掲載日に家を空けることに同意した。彼らはひそかにホテルに移送されている。むろんいま現在も、二十四時間態勢で警護がついている。

問題は山城だった。本物の自分が実家にいなければ、両角は絶対に襲ってこないと主張し、ゆずらなかったからだ。

「山城先生……勇敢な人なのかなあ。それともただのヤバい人?」避難せず、自らオトリになった山城のことを思い、石原が尋ねた。

「さあ、どっちもだろ」

「今日はあきらめたか、おれらが警備を解くの待つつもりじゃないのかなあ」

石原の懸念はもっともだった。オトリ捜査を開始して日数が経てば経つほど、捜査員の中にも疑問を持つ者が増えてきている。清田の〝巨人の星〟論は、やはり万人を納得させるには弱いからだろう。

しかし清田自身は確信していた。作戦はまちがっていない。きっと両角は来る。

唯一の心配は、なにか重要なことを見逃していやしないか、というものだった。

「こちら浅野、異状ありません」家の中で山城を守る浅野からの報告だった。

その最中に、清田の携帯が鳴った。

「はい、清田です」

「辺見敦が〝13番地〟近辺で目撃されたそうだ」舟木中隊長からだった。「どうやら、山城宅に向かっている途中らしい」

「辺見が……」

「それで、坂の下にいる捜査員を動かす。両角は混乱に乗じて山城家を襲う作戦かもしれないから、そっちも用心してくれ」

「今度は辺見か」中隊長の声が聞こえたようだ。石原がドアを開けて、外に出ようとしている。

「ん？　どこ行くの？」

「ほら、さっき清田、坂の上の警備が手薄だって心配してたじゃない？　だから自分、手伝いに行くわ」

石原は清田の判断を待たず、降車して速足で坂を上っていった。

45　「それより教えてくれ」

山城といっしょに食卓にすわる三人のオトリ警察官は、父と母、綾に体型はもちろん顔つきまで似ていた。

「こちら浅野、異状ありません」

リビングの隣の部屋に待機している浅野という巡査部長の声が聞こえた。

トレーナーの下に着せられた防刃チョッキが窮屈で、山城は無意識に深呼吸する。

「山城さん、大丈夫ですって」

父親役の警察官は面倒見のいい男だ。山城が緊張していると誤解して、力づけるように言った。だが山城は、父親に顔と身体が似ていると、声までそっくりになるんだな、と変なところで感心していた。

「もうちょっと、リラックスしましょうか」

母親役の女性警官が言うと、綾役が強張った笑顔を浮かべた。

未曽有の殺人鬼に対しているのだ。警察官といえど、恐怖を克服するのは大変なのだろう。

音を消したスマホが振動し、山城はポケットから取り出した。

画面を見ると、母からだった。

「出てもいいすか」父親役に許可を求めた。

「どうぞ」

スマホを耳に当てた。

「おかあさん、どうした？　みんな、大丈夫？」

「それ、こっちのセリフじゃない」無理に元気を出すときの母の声だ。「圭吾くん、危険なことはしちゃダメだよ」

「わかってるって」こちらも、わざとあかるい声を出す。

「そう言えば綾がね、さっき夏美ちゃんとしゃべったの」

「夏美と……？」

「あの子のことだからさ、弟が迷惑かけちゃってゴメンね、とか言いつつ、生まれて来る子が男の子か女の子か教えろだって」

母の言葉を聞き、父と綾の笑い声が入った。

しかし山城は、なんとなくいやな予感がした。なにか重要なことを忘れているような感覚だった。

そのとき、別の電話が入った。詫びを言って母の電話を切り、新しい電話に応答した。迂闊にも、だれから来たのか確認しなかった。

「山城先生、最終回はそこじゃ起きないよ」

よく通る声だった。

「ぼくが腹が立つのはねえ、ほんとに仲のいい四人家族なんだ」

思わず、食卓から立ち上がった。「両角……なにが言いたいんだ」

偽の家族三人が、口をあんぐり開けて山城を見ている。

「山城先生のおとうさんおかあさんてさ、しらじらしいじゃん。おとうさん、キャバクラの女の子と浮気しまくってるしさ。おかあさんは綾にグチばっかり……殺してやりたい、いつ別れようかって」両角は声を立てて笑った。「あれ？　知らなかった？」

うすうす気づいていたが、考えないようにしていたというのが事実だった。子ども時代は何度も離婚の危機を見てきた。だがいまは、過ぎたことだと思おうとした。

「そういうグチャグチャがイヤで、山城先生、家を出たって綾ちゃん言ってたよ。だから先生が帰ってくると、せめてもの感じで、おとうさんとおかあさん仲睦まじく演じてるんじゃないの？」

「なにが言いたい？」

「だからぁ」露骨にため息をつく音が反響した。「仮面夫婦の四人家族なんて、ぼくは狙わないって」

電話が切れた。

一瞬、頭が真っ白になったが、逃げている場合ではないと思った。

じゃああいつ、だれを狙う……？

答えが浮かんだような気がした……もしかしたら？

「山城さん、どうしました？」

尋常ではない電話だとわかったのだろう。隠れていた浅野が山城の横に立った。

「ちょっと待ってください」

浅野を待たせ、スマホのボタンを押した。

呼び出し音がつづくが、なかなか応答がない。

恐怖が頂点に達したとき、声が聞こえた。

「圭吾くん？」

「夏美」

「さっき綾ちゃんと話したけど、大丈夫？」

「それより教えてくれ。おれたち……いや、おれと夏美の子、双子か？」

「え……？」

「答えてくれ、双子か」

「ねえ、だれから聞いたの？　あたしのおかあさん？　それともただの勘？」

双子なら、四人家族！

地震かと思ったが、自分の身体がふるえていた。

「いまからそっちに行く。絶対、誰も入れないでくれ」スマホを切ろうとして、気づいた。「夏美、電話このままつながったままにしていて！　なにかあったら、すぐ知らせるんだ」

玄関に向かって走り出した。

「山城さん、どうしたんです」浅野が叫んだ。「両角の標的は夏美です」

スニーカーを急いで履きながら言った。

「夏美？」だれのことか、ピンと来ないようだ。

説明する時間がない。山城は玄関のドアを開きながら言った。「清田さんは外ですか？」

「家の前に停まった車の中です」状況が飲み込めず、動揺した声だった。

46「山城さん、もうじきだ」

突然玄関のドアが開き、泡を食ったような顔で山城が出て来たとき、清田はてっきり、気づかないうちに両角が侵入して、大殺戮がはじまったのかと思った。

だがドアを開けて車から出ようとする清田に、「車に乗っけてください」という山城の怒号が飛んだ。

助手席にすべり込むように乗り込んだ山城は、「港南区の川瀬夏美のアパートに行ってください」と言った。

「川瀬夏美さんって、山城さんの？」かろうじてその名前を思い出した。

「とにかく出して」山城は懇願した。「場所、わかりますか」

真壁班長が山城を尾行して、たどり着いたアパートだ。地図で確認していたので、記憶にはあった。

「たぶん……怪しくなったら、案内して」

エンジンをスタートさせた。

かなりのスピードで坂を下りながら、清田は山城から話を聞いた。

自分が感じていた計算ちがいはそこだったのか、と自分で自分を責めた。

「けどあいつ……おれが行かないうちは夏美を殺しません。だから早く！」

それはむなしい叫びであり願望だった。両角はもうとっくに、夏美と彼女の腹の中の双子を殺害しているかもしれない。

サイレンを鳴らし、しばらく中村川沿いに進んだ。

山城はスマホを片時もはなさず、頻繁に耳に当てた。川瀬夏美の電話とつながったままのようだ。

「夏美、大丈夫か」同じ問いを繰り返し、相手の声を聞くと安心してため息をついた。

運転しながら、清田は無線で舟木中隊長に状況を話し、応援を頼んだ。

旧鎌倉街道を一気に走り、上大岡駅を通りすぎた。

「山城さん、もうじきだ」

元気づけようとして、ちらっと見た。

山城の顔から表情が消えていた。スマホを持つ手が、だらーんと下がっている。

「どうした、山城さん」

山城は無言だった。スマホから音楽が聞こえた。

清田は理解した。

その音楽は『ミカド』だった。

「あいつ、殺してやる」山城がつぶやいた。

47 「大きな目だね」

フローリングの床には、縛られた川瀬夏美がいる。腹は破裂しそうなほど、ふくらんでいる。

まじまじと夏美の顔を見た。

「大きな目だね」親しみを込めて、話しかけてみた。

だが恐怖でわれを忘れたとき、目を見開く人間がいることを思い出した。

川瀬夏美のスマホがつながっているのに気づいた。相手がだれかはわかる。彼は自分のスマホで『ミカド』を流した。

真っ暗闇なのに、室内に陽気な雰囲気が充満する。

自分のスマホと夏美のスマホを並べて、キッチンのテーブルに置いた。

彼は勝利を確信していた。一番うれしかったのは、自分の作品が『34』を超えたことだ。オリジナルストーリーをしのぐ最終回！　その完結は間近なのだ。

壁にかかった時計を見た。

午前零時半。

『ミカド』を聞いて絶望のどん底にある山城先生が、もうじき到着する。

ひとりだろうか？

それはどうでもいい。

48 「パートナーだっていうのに」

港南区の住宅街にある夏美のアパートは静まり返っていた。

建物の前の通りで車を停めた清田は、飛び出そうとする山城を手で制した。

「応援を待たないと」

「時間がありません。行かしてください」力ずくでも出るつもりだった。

「じゃあ行くのは自分。一般市民のあんたじゃない」

それは形式的な警告と理解した。

現に山城が車のドアを開けても、清田はなにも言わない。おそらく清田にも、煮えたぎる思いがあるのだろう。

「早くいかないと、夏美が！」

駆け出そうとする山城に、清田が言った。「山城さんが言うとおり両角があんたを待ってるならさ、彼女、あんたが行くまで生かされてるだろうよ。けど、そうでないならもう、死んでるよ」

残酷な現実を分析された。山城は少し頭を冷やした。

「何号室？」清田が聞いた。

「二階の一番端の部屋です」

かすかだが、あの音楽が聞こえる。

「うしろから来て」清田は、伸縮式の金属性特殊警棒をスーツから出した。

二階への階段を上がろうとしたとき、黒い影が目の前をさえぎった。

男の手には、刺身包丁がにぎられていた。

「あたしです。全部あたしがやったんです」

にやにや笑いでつぶやいた。清田を挑発している。

「辺見……」

低く喉の奥から出すような清田の声だった。

「こいつ、おれが確保します。山城さんは上に行って」

なぜかここに来て、清田のほうが冷静さを失っているようだ。

山城は辺見をかわし、階段を駆け上った。

廊下を走り、夏美の部屋のドアの前に立った。

ドアを開けた。

暗がりに、両角の顔が浮かんだ。

そのとき、太腿(ふともも)に激痛が走る。

バランスを崩したまま、部屋の中になだれ込んだ。そのままキッチンの床に倒れる。

もがくように上体を起こす。

隣に、縛られた夏美がいた。サルグツワを嚙まされ、なにも話せない。目だけが恐怖で開かれている。

「ケガはないか？」

夏美は首を左右にふった。

ほっとしながら言った。「必ず助けるから」

不思議だった。絶体絶命の状況に置かれながら、まるで恐怖を感じない。怒りがその感情を克服しているのだ。

「山城先生はじめてでしょ。頭と指じゃなくて、身体つかって作品つくるの」キッチンの流しを背もたれ替わりに、包丁を持った両角が見おろしている。

「ぼくが先生の作品を再現するの、どれくらい大変かわかる？　人って重いんだ。特に死んじゃった人はね。それをたったひとりで、椅子にすわらせて、縛って……ねえ、先生、ぼくの作品を、いままで軽く見てたでしょ」

時間を稼ごうと思った。じき清田が助けに来てくれる。応援も来るはずだ。それまで、ふたりで生き残らなくては……。

「悪かったよ、あんたの苦労を軽く見てた……パートナーだっていうのに」

両角の顔がほころんだ。

「マンガ、読んでくれた？『34』のスピンオフ」とにかく話しかける作戦を取ろう。

「読んだよ。おもしろかったけど、ぼくが考えたこのシチュエーションほどじゃないよね」

「マンガ、読んでくれたんなら守ってよ」

「なにを？」

「家族のうち、最初に殺すのはおれだろ」

「ああ……」なにか気づいたようにうなずいた。

「じゃあ、やれよ」

太腿の痛みをこらえて立ち上がろうとした。

脚から垂れる血液で、床がツルツルすべる。海のようなにおいがする。

幸運にも骨はやられていなかった。

山城は立ち上がった。

両角をまっすぐ見た。
死ぬのがわかっていても、まだ冷静だった。
両腕を広げた。「さあ……」
「わかった」
夏美の声にならない声が聞こえたが、無視しなくてはいけない。
包丁をかまえ、両角が近づいてきた。
いまは集中するときだ。
心臓がドクドク音を立てる。
太腿から、さらに大量の血が流れる。生温かい感触。床が血の海になる。
自分は刺されるが、自分もこの男の喉を絞めてやろう。
両角が包丁を、腹に向かって水平に押し出した。
痛みを覚悟した。
だが包丁は腹に挿入されず、途中で止まった。
防刃チョッキだった！
それを知らない両角の顔に、一瞬動揺が走る。
その隙を逃さなかった。
包丁を持つ両角の手首を力いっぱいつかむ。

手首をひねる。想像以上に相手は非力だ。

包丁が床に、ドスン！と落ちた。

その包丁を素早く拾った。

立ち上がると、おびえた両角が見えた。

山城は自分が笑っていることに気づいた。

おれがダガーで、こいつがおれだ。

力がみなぎった。人を殺したい！刺したい！グサッグサッグサッグサッグサ
ッグサッ！キャラクターが両角から自分に転移した。

「おれがあんたのキャラクターを借りて、マンガを成功させた？そうあんたは思ってるんだろ。でもちがう。ふざけんじゃねえよ」

山城はゆっくり、両角に近よった。

「あんたの動機なんてチンケなもんだ。ただただ世間にいっぱいいる四人家族に嫉妬しただけじゃないか」

ひとことも声を発さず、両角はあとずさりした。

「だからあんたは、ダガーにはなれないよ。まるでちがうじゃないか」

両角は包丁の刃を、手で受け止めた。血がビタビタと床に落ちる。

距離をちぢめながら思った。もっと体重を乗せなければ、人は刺せないいんだな、と。

包丁を前に突き出した。両角に体当たりした。

刺さる前に、両角が床に倒れた。もつれて山城もいっしょに膝を突いた。刺された太腿にまた激痛が走る。それが怒りに火を注いだ。

両角の上に乗った。総合格闘技でいうマウントポジションだ。

もう、勝利は見えた。

軽蔑を込めて見おろした。

「ダガーってキャラクターはね、あんたとちがって動機がない。あんたみたいに人間ぽくないんだよ。神なんだよ。あんたは絶対になれやしない！」

両角は観念してか、目を閉じた。

包丁を大きくふり上げた。背筋に稲妻のような快感をおぼえた。

49 「刃物を下におけ」

辺見の目はぎらぎら光り、獰猛（どうもう）な夜行性動物のようだ。

「辺見、刃物を捨てろ」警察官のマニュアルに従い、声をかけた。

しかし辺見は包丁を手からはなさない。かといって、隙を突いて襲ってくるふうでもない。

清田は気づいた。こいつは両角の楽しみのために、時間稼ぎをしている。立ちふさがるだけで、刺す気はないのだ。

いまやるべきことは、山城と夏美を助けることではないのか。こんなやつに時間を費やす暇はない。

清田は警棒を左手に持ちかえ、右手で拳銃を抜いた。

予想外だったのだろう。辺見の目つきが、人間のそれに戻った。

「刃物を下におけ」もう一回、警告した。

バンッ！　空に向けての威嚇射撃。

辺見は戸惑ったような顔になり、落ち着きなくあちこちに目を動かした。抵抗をあきらめ、刃物を地面に落としそうな雰囲気だ。

ふと思った。目の前にいるのは真壁班長を殺害した男だ。刃物を捨てる前に撃ち殺せば、自分に非はない。なにより班長の仇が討てる。

辺見の胸に狙いをつけた。

引き金を引こうとして、躊躇した。自分は人を殺そうとしている。

そのとき、サイレンの音が耳に入った。だんだん近づいてくる。

「うわあああああああああ」
突然辺見は清田に刃物を向け、襲ってきた。
バンッ！
今度はなにも考えず、引き金を引いた。
辺見の脚に命中した。
「ううううう……」
地面を転げまわる辺見。
自己嫌悪に陥った。なにをやってる？　どうして胸か頭を狙わなかった？
こいつを殺しても、上はきっと自分をかばってくれたのに……。
辺見はまだ、泣きながら地面を這っている。
まるで駄々っ子みたいだ。
なにか、滑稽な喜劇のようでおかしくなった。
それから使命を思い出した。山城と夏美を守り、両角を止めるのだ。
応援の警察官に辺見が捕まることを願い、階段を駆け上った。
どうか間に合ってくれ！

50　「これは、ぼくの顔だ」

死を目前にして、ひとつの発見をした。

当たり前のことだったのに、どうしていままで気づかなかったのだろう。

生まれてからこれまで、人を何人も殺した。死体処理のあとの作品づくりは重労働だったが、人の生命を奪うこと自体は、それほど苦労しなかった。

だが山城に馬乗りになられたこの瞬間、それが大きなまちがいだと気づいた。

彼が人を殺そうとするとき、これまでの犠牲者は全員、ひたすら自分の命を守ろうとした。それだけに必死で、それ以上なにもできなかった。

ましていまの山城のように、彼を殺そうと逆に攻撃してくる人間などいなかった。

父親を殺したときもそうだった。

むろん父を殺すには幼すぎた彼は、村を脱出したがっていた男の手伝いにまわった。

男が父を押さえつけ、口を無理やりこじ開けると、彼はその開いた口に、毒入りのお茶を注ぎ込んだ。

父は激しく咳き込んだが、かまわずお茶を喉に流しつづけた。

父は抵抗しなかった。ただお茶を飲むまいと、そればかりに必死だった。
彼は山城の目を見た。
山城の顔に引きつった笑顔を見た。
「これは、ぼくの顔だ」彼はささやくように言った。「ぼくが彼で、彼がぼくだ」
刃物がふりおろされる瞬間、目をつむった。
次に胸が受けるはずの衝撃を想像したが、なにも起きない。
ゆっくり目を開いた。
なぜだろう。山城は刃物を突きつけたまま動かない。黙って彼を見おろしている。
さっきまでの彼のキャラクターが消えて、どこかに行ってしまった。
いつもの山城の、人間の顔に戻っている。
わずかにだが逆転のチャンスがある。
そのとき、爆発音のようなものが聞こえた気がした。

51

「もういい。やめろ」

間一髪、間に合った。
拳銃をかまえ、アパートのドアを開けると、山城は生きていた。夏美も無事なようだ。

目を疑ったのは、両角が山城を刺そうとしているのではなく、馬乗りになった山城が刃物をふりかざしていたことだ。端整な顔が崩れ、見たことのないような不気味な笑みが浮かんでいる。

反対に両角のほうは血まみれで、抵抗をやめている。

ちらっと顔の表情が読めたが、目から完全に生気が消えている。命を奪われる間際の、犠牲者の表情だ。

「山城さん、もういい。やめろ」

叫んだが、山城には聞こえないようだ。

真上から両角の胸目がけて、刃物で狙いをつけている。

大きくふりかぶった。

「山城さん」

山城と目が合った。

山城は清田にも笑いかけた。

刃物を真下に降ろす。

「もういい、山城さん！」拳銃で山城の腕を狙った。

寸前で刃物が止まった。

また目が合った。

自分自身に驚いている表情になっていた。

危機は去ったと思った。

両角を見た。

目に生気が戻っていた。

憎悪が湧いた。辺見も殺せず、両角も生かすのか?

憎悪は自分自身に向けられていた。

指が無意識に動いた。

弾丸が両角のピンクの髪を、真っ赤に染めた。

52 「殺さなくてよかった」

マスコミは連続殺人犯の死を大々的に伝えたが、山城のマンガとの関係にふれることはなかった。どうやら県警がそれを否定したようだ。

そのことを追及する以上に、マスコミは忙しすぎた。もうひとりの殺人犯の辺見はいまだ取調べ中だし、死亡した主犯の両角はいまもって何者かわからない。

つまり一連の殺人事件の動機や全貌がつかめていないのだ。世間から見れば、事件はまだ継続中なのである。

重傷だったが、入院は一か月ほどだろうと、山城は医者から告げられた。内腿に刺さった刃物が、幸運にもぎりぎり動脈をそれていた。

入院先は、金沢区の八景島の近くの大学病院だった。いまでは車椅子で外を散歩してもいいほど回復していた。

父や母、綾は入れ替わりたち替わり毎日のように訪れたが、臨月の近い夏美まで顔を見せてくれたのはうれしい驚きだった。

夏美は精神的なショックは受けたが、肉体的には無傷だった。流産してもおかしくない恐怖にさらされたが、双子の胎児も奇跡的に無事だった。

とはいえ、むかしのような関係に戻ることはできないと思った。自分にはその資格がないのだ。

なによりあの日、両角とのあいだに起こったキャラクターの交換。自分の中に、おぞましい殺人鬼の才能が見つかったのだ。

その日、「今日からしばらく来られないから」という夏美と、病院付属のカフェで話をした。生まれてくる双子の将来についてだ。

話が一段落すると、山城は勇気を出して、あの日に夏美が見たものを尋ねた。

夏美はなにもおぼえていないと言い、話題を逸らした。

「おれ、殺さなくてよかった」まず、自分から正直になろうと思った。「あのとき、なんか……戻りたいって思った」

「戻りたいって？」

「むかしみたいな、売れないマンガ家？」笑った。

夏美も笑った。

「夏美に聞きたいのは、なんでおれがあいつを殺すのをやめたかなんだ」

「どういうこと？」

「おれ……」さすがに言いにくくて、言葉が途切れた。だが思い切って、自分をさらすことにした。「おれ、あいつを殺そうとした記憶はある……だけど、あいつを殺すのをやめた記憶がないんだ」

「あのとき、あたしが見たのは……刃物を下ろそうとした瞬間、宙でそれが止まったこと。顔を見たら、いつもの圭吾になっていた」

「なんでだろう」山城は言った。「なんで、清田さんは両角を撃ったんだ？」

「あの人がね……」言いにくそうだった。

「あの人が……？」

「あの人の顔が、圭吾の下で戻ったから」

「戻ったって？」

「あたしを縛りながらいたぶった顔。圭吾の脚を刺した顔……」

「おれに移ったキャラクターが、あいつに戻ったってこと？」

夏美がコックリと、首を前に曲げた。

53「おれはどうだろう」

両角を射殺したことも、辺見の脚を撃ったことも、清田は責任を問われなかった。神奈川県警はマスコミに問われる前に、清田の行動は適切だったと主張した。犯罪史上、類を見ない凶悪犯ふたりを相手にした刑事だ。だれも異議を唱える者はいなかった。

清田はほっとしていた。あの日なにが起こったのか、記憶が正直あいまいだったからだ。

真壁の葬儀が終わった翌日、新しい班長が赴任した。五年前まで巡査部長として一課にいた人物で、所轄で警部補に昇任し、呼び戻されたようだ。神奈川県警で百九十九人目に殉職した警察官の後釜だ。さぞやりにくいだろうと、清田は同情を禁じえなかった。

山城圭吾が県警本部に訪ねて来たのは、事件から二か月後のことだった。まだ足を少し引きずっていたが、松葉杖はついていない。

清田は本部近くの開港の丘という公園の、ガラス張りのカフェに誘った。

店内はすいていた。丸テーブルに陣取り、ふたりともコーヒーを注文した。

山城の顔を見た。穏やかな表情になっていた。

コーヒーにミルクを入れ、山城はスプーンでかきまわした。

「あのときのこと、おぼえてますか」

「一応、報告書は出したけどね……起こったことを事実として順番に書いただけで、実はあんまり、おぼえてないんだ」頭を掻いた。

「清田さんは、おれの命の恩人ですよ」

「そういう仕事だから……」

山城はコーヒーをひと口飲んで、清田を見た。

「そうじゃなくて……」カップをテーブルに置いて言った。「ほんとうはおれが、清田さんの拳銃で死ぬはずだったんです」

なにかいやな記憶がフラッシュバックしたが、うまく言葉にすることができない状態だ。

「あのとき、おれは両角になって、あいつがおれになったんです」山城は落ち着いた口調で言った。

「どういうこと？」

「おれは人が殺したくて殺したくて、うずうずしていた。あいつの上になって包丁をかまえたとき、楽しくてしかたなかった」淡々と語る。「反対にあいつは、殺される人間の気分を味わった。どんなに恐ろしいことか悟ったんです」

清田の中で、その情景がよみがえった。馬乗りになった山城の顔、下になった両角の顔。

「思い出しましたか？　清田さんは最初、おれを止めるため拳銃をかまえた」

これは川瀬夏美が目撃した事実だと、山城は言った。

「そうだったかなあ……」

ではなぜ、両角を撃ってしまったのだろう。撃たなくても、彼を逮捕できたはずなのに……。

「その直後、おれは正気に戻った……つまり、両角に移ったおれのキャラが返ってきたんです」

「それも、夏美さんが？」

「はい、彼女にはそう見えたそうです」山城はうなずいた。「それはつまり、両角の心が両角に戻ったということでした」

山城は思い出したように、カップに口をつけた。

「夏美が見てたら、下にいたあいつが笑い出した。あの両角に戻っていた……やっぱりこのまま、おれは殺されると思ったそうです」

清田は軽く首を前に曲げた。否定も肯定もできなかったからだ。

「清田さんはそれを冷静に見ていたんです。だからあいつを撃った」

「そうなのかなあ……」まだ確信が持てない。

「そうですよ」山城は力強く笑った。「あのとき、おぼえてます？　あいつを刺そうとした瞬間、清田さんとも目が合ったでしょう。あれでおれ、殺人鬼の呪縛から逃れたんだと思います」

清田は無言で、コーヒーを飲んだ。

話題を変えたくなった。

「山城さん、これからどうするの？」

「むかしの売れないマンガ家、才能のないマンガ家に戻ります。リアルな悪人が描けなくても、おもしろいマンガは描けるかもしれないから」

「いいことだ」清田は笑った。

記憶がよみがえったのは、山城と別れたあとだった。

県警本部のビルに向かって歩いていたとき、先ほどのフラッシュバックの意味を理解したのだ。

山城の言葉はまちがいだった。彼に感謝されるいわれはない。辺見に拳銃をつかってから、自分は狂気に支配されていたのだ。

そして拳銃をかまえて、山城と目が合ったとき……！

両角のキャラクターが両角に戻り、山城のキャラクターが山城に戻ったのではない。あれは山城の勘ちがいだ。

実態は、両角のキャラクターは清田のほうに入り込んだのだ。あのときのおれは、両角だったのだ！

真壁殺害容疑で取調べ中の辺見がなにを述べたか、清田は新班長から聞かされて知っていた。

辺見はこう語ったそうだ。

「殺人てのはね、選ばれた人間には伝染病みたいに移るんですよ。あたしだって感染しなきゃ、あんなことしません。だれから移ったか……あなたね、インフルエンザになったとき、感染経路なんて言えますか？　殺人の病を抱えてるやつなんて、街を出れば五万といますよ。アイコンタクトだけで理解し合って、移っちゃうんだから」

おれはそのあと完治したのだろうか。両角、いや、ダガーのキャラクターは、おれから出て行ってくれただろうか？　周囲のビルがゆがんで見えた。

エピローグ　「根っからの善人」

「もうホラーサスペンスは描かないっていうからさ、う〜ん、いかに山城さんでもけっこうむずかしいなって実は思ってたんですよ」

「やっぱり、全然ダメですか？」

「いえ、加藤さんの了解も取りました。これ、連載に持っていきましょう」

二か月前、『34』はもういいから、思い切って新作を描かないかと大村に提言された。

承諾した理由は、マンガ家廃業を自分自身に納得させるためだった。だから今度のネームはホームドラマか恋愛ものか、とにかく読者をハッピーな気持ちにするものを描くことを宣言した。

もちろんダメだと思ったら遠慮なく、切ってくれという条件をつけた。

ネームを送ったのは、一週間前だった。

大村に呼ばれ、四か月ぶりに訪れた『ライジングサン』編集部で、山城は引導を渡されるものと覚悟していた。だから大村の言葉は、まったくの予想外だった。

大村は相好を崩して言った。「お世辞じゃなく、ものすごぉくおもしろかったです」

返す言葉が思いつかなかった。

「おれが山城さんを新人時代酷評してたのはね、山城さんのキャラには悪意がなさすぎる。絶対に世の中に存在しない人を描いているって理由でした」

「よくおぼえてます」

「でも今度のネームに登場するキャラたちは、みんな最高の善人なのに……実は善人の皮をかぶった悪人でしょう」

「待ってください。おれは根っからの善人を描こうとしてるんですよ」

「そうですかぁ」大村は意地悪く笑った。「こんな悪意を隠したホームドラマ、見たことがないなあ。本音を見せない恋人同士のリアルなこと」

あの事件で成長したのか、悪に染まったのか。おれはいったい、なんなんだ？

山城は心の中でひとりごちた。

「最初からそうだったんでしょ」まるで心を読んだかのように、大村は言った。

「山城さん、ようやく本性を現しましたね」

複雑な思いで、山城は笑った。

―― 本書のプロフィール ――

本書は、書き下ろし作品です。

小学館文庫

キャラクター

著者 長崎尚志(ながさきたかし)

二〇二一年五月十二日 初版第一刷発行
二〇二一年六月二十七日 第二刷発行

発行人 飯田昌宏
発行所 株式会社 小学館
〒一〇一-八〇〇一
東京都千代田区一ツ橋二-三-一
電話 編集〇三-三二三〇-五七二〇
販売〇三-五二八一-三五五五
印刷所 ——— 凸版印刷株式会社

造本には十分注意しておりますが、印刷、製本など製造上の不備がございましたら「制作局コールセンター」(フリーダイヤル〇一二〇-三三六-三四〇)にご連絡ください。(電話受付は、土・日・祝休日を除く九時三〇分~一七時三〇分)本書の無断での複写(コピー)、上演、放送等の二次利用、翻案等は、著作権法上の例外を除き禁じられています。本書の電子データ化などの無断複製は著作権法上の例外を除き禁じられています。代行業者等の第三者による本書の電子的複製も認められておりません。

この文庫の詳しい内容はインターネットで24時間ご覧になれます。
小学館公式ホームページ https://www.shogakukan.co.jp

©Takashi Nagasaki 2021 Printed in Japan
ISBN978-4-09-407013-2

警察小説大賞をフルリニューアル

第1回 警察小説新人賞 作品募集

大賞賞金 300万円

選考委員

相場英雄氏（作家）　月村了衛氏（作家）　長岡弘樹氏（作家）　東山彰良氏（作家）

募集要項

募集対象

エンターテインメント性に富んだ、広義の警察小説。警察小説であれば、ホラー、SF、ファンタジーなどの要素を持つ作品も対象に含みます。自作未発表（WEBも含む）、日本語で書かれたものに限ります。

原稿規格

▶ 400字詰め原稿用紙換算で200枚以上500枚以内。

▶ A4サイズの用紙に縦組み、40字×40行、横向きに印字、必ず通し番号を入れてください。

▶ ❶表紙【題名、住所、氏名(筆名)、年齢、性別、職業、略歴、文芸賞応募歴、電話番号、メールアドレス（※あれば）を明記】、❷梗概【800字程度】、❸原稿の順に重ね、郵送の場合、右肩をダブルクリップで綴じてください。

▶ WEBでの応募も、書式などは上記に則り、原稿データ形式はMS Word（doc、docx）、テキストでの投稿を推奨します。一太郎データはMS Wordに変換のうえ、投稿してください。

▶ なお手書き原稿の作品は選考対象外となります。

締切

2022年2月末日

（当日消印有効／WEBの場合は当日24時まで）

応募宛先

▼郵送

〒101-8001 東京都千代田区一ツ橋2-3-1

小学館 出版局文芸編集室

「第1回 警察小説新人賞」係

▼WEB投稿

小説丸サイト内の警察小説新人賞ページのWEB投稿「こちらから応募する」をクリックし、原稿をアップロードしてください。

発表

▼最終候補作

「STORY BOX」2022年8月号誌上、

および文芸情報サイト「小説丸」

▼受賞作

「STORY BOX」2022年9月号誌上、

および文芸情報サイト「小説丸」

出版権他

受賞作の出版権は小学館に帰属し、出版に際しては規定の印税が支払われます。また、雑誌掲載権、WEB上の掲載権及び二次的利用権（映像化、コミック化、ゲーム化など）も小学館に帰属します。

警察小説新人賞 検索

くわしくは文芸情報サイト「小説丸」で

www.shosetsu-maru.com/pr/keisatsu-shosetsu/